愛はね、

樋口美沙緒

白泉社花丸文庫

愛はね、　もくじ

イラスト／小椋《おぐら》ムク

多田望《ただのぞむ》には、一つの郷愁がある。

一つ？　ううん、二つ、三つ、もっとかもしれない……と、望は思う。

十歳くらいの頃、小学校の教室で、望はよく泣いていた。三月生まれのせいなのか、長い間他の同級の男の子より体が小さくて、跳び箱も縄跳びも鉄棒も、ちょっとみんなよりできなくて、

「とろ虫の多田やーい」

と、からかわれることが多かった。望はそういう時いつも、どうしてそんなふうに言われるのか分からずに、きょとん、とする。

きょとんとして、それからやっと、みんなが自分を嫌ってるのかも――と気づく。

「やめてよ。もうやめてよ」

と、一応言うのだけれど、それは大体無視されてしまい、教室のお調子者を筆頭に囃《はや》したてられるうち、望は泣けてくる。けれどそれは傷ついたからというより、びっくりして戸惑うせいだった。

望は本当に少しとろいから、怒りというものがなかなか湧《わ》いてこない。ずっとあとになって湧いてくることもあるけれど、湧かないままのこともある。そしてびっくりしたことと、無視をされた悲しさで、大粒の涙をぽろっとこぼす。すると、

「うるさい、こいつのこと泣かせんな！」

と、大声がして、自分より頭一つは背の高い体が、必ず庇《かば》ってくれるのだった。

「あっ、またかよ、本山《もとやま》。またとろ虫の世話かよ」

男子がぶうぶうと文句《もんく》を言う。顔をあげると、望の前に立っている本山俊一《しゅんいち》が、お調子者を睨《にら》みつける。それはいつものことで、そうするとクラスの女子が俊一の肩を持って、

「多田くんいじめるの、やめなさいよ」

と言いだし、やがて先生が来て授業が始まり、騒動はおさまる。

望は涙を拭いて机に座り、さっきまで望をからかっていたお調子者が、消しゴムを忘れたの、クレヨンを忘れたのと言い出せば、貸してやったりもする。お調子者はお調子者で、望の机の上に画用紙を置いて絵を描いたり、望の机に机をくっつけて教科書を覗き込んできたりして、それを俊一が、少し離れた席から眉を寄せて見ている。

「お前って、変なやつだな。なんでいじめられて、言い返さねえの？　なんでいじめてきたやつに、クレヨン貸してやったりすんの？」

放課後になり家路につくと、いつも一緒に帰っている俊一が、そう訊いてきた。大きなランドセルが重たくて、望はぐらぐらと揺れながら「えっと……」と答えを探す。

黄昏《たそがれ》の街は橙色に染まり、川沿いの道に望と俊一、二人の影法師が長く伸びている。後ろでベルが鳴り、二人の横手を一台の自転車が通り過ぎていった。

「クレヨン、忘れたんだって。絵が描けないと困るよね」

「そういうことじゃねえの。そういうことじゃねえだろ？」

望の答えに俊一が眉を寄せても、望は「とろ虫やーい」とからかわれた時と同じで、きょとんとしてしまう。

「お前を助けてる俺がバカみたいじゃん。お前、あいつのこと嫌いじゃねえのかよ」

「あいつって？」

俊一が軽快に土手を滑り降り、お調子者の名前を言った。望はえっちらおっちら、危うい足取りで俊一に続いたけれど土手の途中でこけ、俊一が望の手を取って立たせてくれる。

「嫌いじゃないよ。おんなじクラスだもん」

「なんだその基準。じゃあ、俺もあいつも一緒かよ」

俊一が舌を打つ。望には俊一がなにを怒っているのかが、よく分からない。

俊一は頭がいいからかなあ……と、ぼんやり思ったりする。この前クラスの先生が、俊一くんは学年で一番テストの点数がよかったです、と言っていたっけ。

「おんなじクラスだから嫌いじゃないけど、俊一のことはおれ、もっと好きだよ……」

俊一を他の誰かと比べるというのも、おかしな話だなあと望は思うのだ。だからこういう時、なんとなく自分の言葉が、嘘ではないのに本当でもないような気がする。俊一は仏頂面《ぶっちょうづら》でそれには答えず、望の手をひいて歩き出した。

川面に、夕映えがきらきらしていた。対岸の街はオレンジに輝き、影はいっそう濃く、東の空からは薄青い夜が忍び寄ってきて雲を紫に染めている。

俊一がふと立ち止まって、背の高い草の中から先端の穂を引き抜き、草笛に仕立てた。川辺にのびやかな草笛の音が響き渡るのを聞いて、望はわっと興奮した声をあげた。

「俊一、それどうやって作ったの？　おれにもできる？」

「できるよ。知らねえの？　こうやるんだよ」

望の手の届かないところにある若い穂を、俊一が背伸びしてとってくれる。自分より一回り大きな、その手。

草笛を作り、手を握り、望をいつも助けてくれる手を、その優しい長い指を、望はじっと見つめた。

「おれね、俊一のこと、大好き」

望はえへへ、と笑った。そうすると、さっきの違和感は少し消えた。誰かと比べるのじゃなくて、ただ俊一が、俊一だけを、望は好きだった。言葉にするとそれは、なんの自覚もなく望の胸を熱くした。体中を、温かな湯のようなものが駆け巡って、望を優しい気持ちにさせてくれる。どうしてだろう？

大好き。そう、言っただけで。

帰っても、今日も望の家には誰もいないのだろう。望はそれがさみしくて、いつでも、こうして俊一と一緒に帰る時間が永遠に続けばいいなと、思っていた。俊一と二人きりで日暮れていく川べりを歩くのは、一日のうちで一番幸せな時間だった。

俊一はなにも言わずに、ただ黙々と草笛を作っている。望にそれを渡すと、俊一がぽっつり、言った。

「みんな本当は、お前が許してくれるから、ひどいこと言えるんだよ」

やっぱり俊一の言うことは難しい。望はまたきょとんとして首を傾げ、草笛を小さな唇にあてた。望が吹くと、笛の音は少し間抜けだ。だからか、横で俊一が、おかしそうに笑っている。望もそれが嬉しくて、一緒になって笑った。


夕暮れの川べり。ごく自然に一緒にいられた、幼なじみの俊一。

これが望の郷愁の一つ。

あの時、幼い望の胸の中にあった優しい気持ちはなんだっただろう?

形のない、言葉にさえできない気持ちがいつでも、小さな望を幸せにしてくれた。

時折望は思うことがある。あの、一分の隙もなく幸福だった、温かな感情。

それを、自分は取り戻そうとしているのかもしれない。

あの優しい感情でもう一度満たされたくて、まだ自分は生きているのかもしれない。

一

「また捨てられたのか」

俊一《しゅんいち》は怒った顔をして、ドアを開けてくれた。望《のぞむ》はごまかすように、えへへ、と微笑《ほほえ》んでみせるしかなかった。夜の道を全速力で走って逃げてくる間、望は、俊一ならきっとそう言うだろうな——と、思っていたのだから。

八月の終わりだった。

昼間降り続いていた雨のせいで、夜の風は肌寒いほどひんやりと底冷えしていた。最寄りの駅を出てから俊一が一人で住んでいるアパートにたどり着くまで、望はずっと走り、そのせいで喉はすり切れたように痛んでいたし、心臓ははち切れそうなほどドキドキと鳴っていた。

「俊一、部屋に入っちゃだめ？」

すがるような気持ちで、望は俊一を見つめた。ほんの少しでも気を緩めたら、今にも泣いてしまいそうだった。いつもの癖で俊一の部屋の玄関を確かめると、女物の靴はなかった。きっと俊一の彼女は来ていないはず、そう思って、望は少しだけホッとする。

「……入っちゃだめ？」

もう一度訊くと眉を寄せられたけれど、俊一は結局、戸口を覆《おお》っていた長身をどかせてくれた。細い体を急いで中に滑り込ませたら、望の口からは思わず大きなため息が出た。

その瞬間赤く腫《は》れた頬の痛みを思いだし、切れた口の中に、血の味がじんわりと広がってきた。

「大貫《おおぬき》に殴られたんだろ、バカ、ほんとにバカだなお前は。だから付き合う男は選べって言ったんだろうが」

すぐ横を俊一がすり抜ける。刹那《せつな》、望はもうたまらなくなって、体当たりするようにその広い背中にしがみついていた。

「多田《ただ》、おい、バカ」

咎《とが》められても離れたくなくて、望は俊一のTシャツに強く鼻先を押しつけた。洗いざらしのTシャツからは、小さな子どもの頃から変わらない、肌の下の薄い汗と洗濯洗剤の混ざった懐かしい俊一の匂いがした。

『どうせお前は、誰でもよかったんだろうが！』

望の耳の奥には、荒い罵声《ばせい》が響いてくる。それはほんの数十分前まで、恋人だった男の声だ。望を殴り、罵《ののし》った男の声。望は全速力で、その男から逃げてきた。電車に飛び乗り、改札をぬけて夜の道をひたすらに走って――そうして、望には俊一のところしか、逃げる先がなかった。

玄関の向こう、深夜の住宅街から犬の吠える声が響いてくる。静かな夏の夜だから、じっと息を潜めていると、玄関先の白熱電球がたてるチリチリとした音さえ聞こえてきた。

やがて頭の上で、俊一が小さく息をつく気配がする。

「……バカ、お前はいつも、どうして傷つけられるまで気づかないんだ」

諦めたような俊一の声。

望は（ごめんね……）と、思った。

――俊一に甘えてごめん。強くなれなくて、ごめんなさい。

けれど俊一の大きな手のひらで頭を撫《な》でられると、望は、自分の弱さを許してもらえたような気がした。その手つきは厳しい言葉とは裏腹に優しくて、望の張り詰めた気持ちを溶かしてくれる。そうされてようやく、望は嗚咽《おえつ》を漏《も》らすことができた。

――早く、早く、早く。

早く俊一のところへ行きたい。早く、俊一の体に触れて、早くその体温を、その匂いを感じたい。そうしたら、もう大丈夫。なんにも怖いことなんてない。なんにも、さみしくなんてない――望はそう思って、ここへ来た。

今望は俊一に触れている。俊一のそばにいる。その体温は望を包み、慰めてくれている。

求めていたものを得られた安堵で、望はしばらくの間、俊一の腕の中で震え続けていた。

「あ、痛い。そこ触ったら痛いよ、俊一」

「手当てしてもらっといて文句言うな」

切れた口の端に絆創膏を貼ってもらいながら抗議すると、俊一に不機嫌な声で叱られてしまった。それでも望は、ニコニコと微笑んでいた。口調は冷たくても手当てをしてくれる俊一の指は優しいし、なによりかまってもらえることが、ただ素直に嬉しかった。

「なに笑ってんだ、バカ」

「……殴られても……俊一がいてくれてよかったなあって……思って」

我ながらゲンキンだと思うけれど、思わず本音がこぼれる。

「そういう脳天気なところが、男につけこまれるんだよ。お前、分かってねえだろ」

すると俊一は眉をしかめて、怒ったような顔をして立ち上がった。

俊一が大学生になってから一人暮らしを始めた部屋を、望はぐるりと見回した。

居間とキッチンだけの１Ｋは狭く、居間にはセミダブルのベッドとロウテーブル、テレビ、オーディオ機器が置かれ、片壁は一面、本棚で占められている。本棚には文庫や単行本がぎっしりと詰められ、部屋の中には淡く、紙とインクの匂いが漂っていた。

（……実家の、秀一《しゅういち》兄さんの部屋の匂いに似てるなあ）

望の実家は総合病院を経営していて、父も、二人いる兄も医者をやっている。

母が早くに死んだので、望は小さな頃、一番上の兄に面倒をみてもらって育てられた。勉強家の兄の部屋は俊一の部屋と同じように、たくさんの本の香りが漂っていた。そして実家のことを思い出すと、望はわけもなく後ろめたい気持ちになる。

今年大学受験に失敗した望は、高校生の時から通っていた予備校に残って浪人生活を送っているが、ほっそりとして身幅が狭く、色白で、髪の毛のこしもないし、体のどこをとっても薄く細く淡いので、まだ高校生くらいに見られることが多い。性格はと言うと、要領が悪くぼんやりしている——と、自分では思う。

それに比べて幼なじみの俊一は背が高く、ほどよく引き締まった男らしい体つきだ。すっと通った鼻筋と凜々しくつり上がった眉に、切れ長の瞳はいつも落ち着いていて、俊一には派手ではないのに、どこか際だった独特な魅力がある。性格もさばけていて要領のいい俊一を、望は自分とは正反対の人間だと思っていた。

そんな自分たちが親しくなれたのは、同じ保育園に通っていた頃の先生が、当時から周りより鈍かった望を心配して、しっかり者だった俊一に「みてあげてね」と言ったのがきっかけだった。それからは高校までずっと同じ学校に通い、望はいつでも俊一にくっつき、俊一は望を世話し続けてくれた。

「お前さ、実家に帰れば？」

ふと、手当を終えた俊一に痛いところを突かれて、望は肩をすぼめた。

「家に帰ったら俺のところに逃げてくることもなくなるだろ。バカな男に捕まって泣きみることも減るだろ？　お前がダメ男に捕まるのは今に始まったことじゃないけどな」

「……帰れないよ。お父さん、怒ったままだし」

「じゃあ別れ話くらいで殴るような男選ぶなよ。大体、大貫とは高校時代にも一度付き合ってすぐダメになったんだろうが。あんなろくでなし……」

「大貫にも、いいところあったんだよ」

いつもの癖で、望はつい、元恋人を庇っていた。

「自分を殴った男に、いいところ、かよ」

けれど舌打ちまじりの声で言われると、返す言葉もなくて口をつぐむ。

「そういうところがつけこまれるんだろ。誰でもすぐに許すんじゃねえよ」

(本当、俊一の言ってることは……正しい)

と、望は口にせず思う。

(おれがバカなだけ、なんだろうな……)

自分を殴るような男と付き合ったのだから。

それに自分は、同じような過ちをこれまでにも何度も重ねてきた。

俊一はそのたび、どうして毎回毎回、ろくでなしの男ばかりにひっかかるんだと言ってくる。望はいつでもそれに「いいところもあったから」と答え、今みたいに俊一の機嫌を損ねてしまう。それはもう、飽きるほど繰り返されたやりとりだった。

（おれが、自分が付き合った人のこと、あんまり憎んだりできないからかな……）

きれいごとを言うわけじゃない。憎めないのも怒れないのも、望の性格だった。もしこんな性格でなければ、今も家にいられたのじゃないか。時々、望はそう思う。

望は高校二年生から、家族を離れて一人暮らしをしているけれど、それは当時付き合っていた男と部屋でキスしているところを、父親に見られたせいだった。

『お前は変態か！』

父は顔を真っ赤にして怒り、望は泣きながら告白した。

『おれは、男しか好きになれないみたい……』

もう少し器用な性格だったなら、あの時、正直に自分の性的指向を打ち明けずにごまかせたのかもしれない。けれどバカ正直に告白した望は、アパートの鍵と通帳を渡されて、家を追い出された。言い訳できる器用さすらなかったから、望はおとなしく従った。

通帳には毎月十分すぎるほどの生活費が振り込まれてきたし、学費の心配もなかった。高校三年生になると、父は大学受験のために予備校にも入れてくれ、受検に失敗した時も怒ることすらなく、今も予備校に通わせてもらっている。けれど、それだけだった。家を出て以来、望は父や兄たちと、ろくに話してさえいない。

昔から家族はみんな忙しかったので、一人きりには慣れていたはずなのに、父はもう自分のことを要らないのかも、と思うと、望はたまらない気持ちになる。

けれど同時に、二人の兄ほど勉強もできず男しか好きになれない自分は、父の期待を裏切ってしまったのだろう、と諦めてもいた。

そんな望とは反対に、なんでもそろっている俊一は昔から女の子に人気があって、いつも彼女がいた。年上だったり年下だったり、背が小さかったり高かったりしたけれど、彼女たちはみんなきれいで頭が良かった。当たり前だけれど、俊一は望と違って、女の子が好きな、ごく普通の男だった。

望が俊一に、同性しか好きになれないと明かしたのは十五歳の春のことだ。生垣に咲いていた沈丁花が終わって、若葉の新緑がきれいな頃。今となっては、なぜそんなことをしたのかもよく分からない。けれど、俊一に最初の彼女ができたその日、望は「もうこれ以上、隠しておけない」と変な焦燥に襲われた。とにかく言わなきゃと、迷惑にも0時近い深夜に俊一を訪ねて、死ぬような思いで告白した。

『おれ、男しか好きになれないんだ』

もちろん俊一の反応はとても怖かった。けれどその怖さとは裏腹に、俊一なら分かってくれると、信じてもいた。

『気持ち悪い？』

泣きながら訊くと、俊一は眉を寄せて、

『俺を好きにならないなら、べつにいいよ』

と、怒ったように言っただけだった。

――俺を好きにならないなら、べつにいいよ、と……。

望と俊一の関係は、それからもなにひとつ変わらなかった。

しばらくして、望は同じクラスの男子生徒から告白をされた。クラス委員の彼は親切な人で、ぼんやりしている望をいつも気にかけてくれ、なにかの弾みで『好きなやついるの』と訊かれた時、望は嘘がつけなくて、『おれ、男が好きなんだ』と、言ってしまった。

一週間後、彼が『付き合おう』と言ってくれた時には驚いた。恋愛対象に見たことは一度もなかったけれど、いい人だし、好きになれるかもと思ったから、望は付き合うことにした。

けれど一ヵ月後には、どうしてか学校内で二人の付き合いが噂になり、彼のほうがそれに耐えられなくなって、フラれた。

――俺は、変態じゃないから。

（……じゃあ、男が好きなおれは変態ってこと？）

望は傷ついたけれど、同性と付き合うのが怖くなったのだろう彼の気持ちも分かったから、なにも言い返せなかった。あっさりと別れたあと、望が男を好きだということはなぜか学年中に知れ渡っていた。

『お前が最初に付き合った男。あいつが言いふらしたんだよ』

ある時俊一がそう怒っていたけれど、望には彼が言いふらしていてもいなくても、どちらでも同じような気がした。どちらでも、望はどうしてか、彼を憎めなかった。

『付き合ってた間は、優しかったよ』

それはつかの間の優しさだったけれど。それでも優しかったのは嘘じゃない。俊一は、怒らない望をバカだと言って呆れていた。

それからも望は、告白されれば拒まずに付き合った。誰かを、とにかく好きになりたかった。付き合ううちにきっと相手のことを好きになれるはず……と、いつも思っていた。

けれど、望に近寄ってくるのは男同士のセックスを試してみたいような相手ばかりで、まともな交際は続かず、俊一にはずっと呆れられていた。それでも望にしてみれば、単純に、自分を好きだと言ってくれる人を選んでいただけ。望から誰かを好きになって付き合えたことは一度もなかったし、今回大貫と付き合った時も、いきさつは同じだった。

「お前それで、荷物はどうしたんだよ」

物思いに耽《ふけ》っていたところを急に俊一に訊かれて、望は一瞬きょとんとした。

「え？」

「え、じゃない。カバンだよ。手ぶらじゃねえか。まさか大貫の家に置いてきたのか」

慌てて身の回りを確認すると、望はたしかになにも持っていなかった。ズボンのポケットに、かろうじて携帯電話と電車に乗車できる磁気カードが入っているだけだ。言われて初めて、予備校のテキスト類が入った大きなカバンを大貫の部屋に忘れてきたと気がついた。

「ど、どうしよう……。取りに行ったほうがいいかな？」

望が青ざめた時、ポケットで携帯電話が鳴り、見るとひどい別れ方をしたばかりの「大貫」の名前がディスプレイに表示されていた。

「大貫なら出るなよ」

すぐさま俊一に釘を刺され、望は困ってしまった。

「……で、でも荷物のこと訊かなきゃ」

「お前が出たら、やり直そうとか言われて、また丸めこまれるに決まってる」

とたん、俊一に携帯電話を奪われ、望は慌てて腰を浮かす。

「あ、俊一……」

俊一はそのまま、通話ボタンを押してしまった。

「多田なら、俺の家にいるよ。もう別れたんだろ、潔く身をひけよ」

名乗りもせずに言い放った俊一に、望は胃が縮むような気がした。どうしてか大貫には、俊一の部屋にいると知られたくなかった。けれど大貫は、電話の相手が俊一だと分かったようだ。『なんでお前が出るんだよ、本山《もとやま》』という剣呑な声が、望の耳にも聞こえてきた。

「そっちに多田の荷物あるだろ？　明日予備校に持ってこいよ。他のところでは受け取らないよう多田に言っておくからな。次、多田を殴ったら警察に言う。多田は言えなくても俺は言える。お前のことがかわいそうだなんて、これっぽっちも思わない」

俊一がきっぱりと言ったその直後、電話の向こうから大貫の荒々しい声がした。

『お前のせいだろ、本山。お前がいるから、望は俺が好きになれないんだ』

どうしてか望には、その声だけがやけにはっきりと、部屋の中に響いて聞こえた。

望は息を止めた――。心臓さえ、鼓動を止めたように思えた。言われたくない言葉だった。まして俊一には、絶対に聞かれたくない言葉だった。俊一は大貫に、どう返すのだろう？　望は緊張し、身じろぎひとつできなくなった。

「……知るかよ。だとしても、好きな相手を殴る理由になるか」

俊一の態度はいっそ素っ気ないほど、淡々としていた。

望はこくり、と息を吞んだ。ショックを受けて止まっていた鼓動の音が、今度はどんどん早鳴っていくように感じた。通話を切った俊一に携帯電話を差し出され、受け取る時には指が小刻みに震えていた。けれど俊一の顔は、いつもどおり冷静そのものだった。なにひとつ、大したことなんて、聞かなかったかのように。

「お、大貫、怒ってた？」

無理矢理明るい口調で訊いても、俊一は「別れたんならもう気にするな」と言い、キッチンのほうへ行って冷蔵庫からミネラルウォーターを出している。

『どうせお前は、誰でもよかったんだろうが！』

耳に返ってくる、大貫の声。望は大貫に別れようと言われた時、どこか諦めたような気持ちですぐに「いいよ」と受け入れた。その直後殴られ、そう罵倒された。

（もっとすがれば、よかったのかな……）

「おれも悪かったのかも……」

無意識に呟《つぶや》いたとたん、俊一が舌打ちした。

「またそれか。またその、『おれも悪かった論』かよ。苛《いら》つくやつだな」

イライラと言われて、望は反射的に「でも」と小さな声を出していた。

「でも……大貫にはおれが、誰でもいいように見えてたみたいだから」

「実際、そうなんだろうが」

急に声を荒げられ、望は肩を揺らした。

「好きだと言われたら誰でも受け入れる。はたから見てれば、誰でもいいように思える」

叩きつけるような声に、お前は汚いと言われたように感じた。

望の体に張り詰めていた力が、脱けていった。俊一に、誰でもいいと思われている。そのことに傷つき、そしてそう思わせている自分への嫌悪感が、胸に押し寄せてくる。

「ほんと、おれって、誰でもいいんだろうね……」

思わずこぼれた言葉に、望は自分でも知らず、泣きそうになった。

――お前がいるから、望は俺が好きになれないんだ。

さっき聞こえた大貫の言葉が、耳の奥から離れない。俊一はそれに、知るかよ、と言った。仕方がない。俊一には本当に、どうだっていいことなのだから。

「おれ、なんでこんなにバカなんだろね……」

そう言って望は、笑おうとした。笑って、この話を終わりにしたかった。けれど顔をあげて俊一と眼が合った瞬間、こみあげてきたものを抑えられずに、ぽろっと涙がこぼれ落ちる。たまらなくなって、望はうつむいた。

「なに泣いてんだよ……」

ため息交じりの声が耳元近く聞こえ、見ると、俊一がすぐ眼の前にしゃがみこんでいた。俊一は苦しそうな顔で、望をやんわりと抱き寄せてくれる。Tシャツごしに伝わる俊一の熱が、望の体にじっくりと染みこんでくる。息を潜めてくっつけば、俊一の肌は望に馴染み、まるで自分が俊一の一部のように感じられた。望はこんな時、そうならいいのに、と夢想する。自分の体が俊一の一部で、俊一に呑みこまれて食べられて――俊一そのものになってしまえれば、互いに考えること、思うことが違いすぎ、分かり合えなくてぶつかってしまうことも、もうなくなる。望は俊一みたいに、「正しく」なれるかもしれない。そして俊一と一緒ならきっともう、さみしくならない……。

けれどこんなに近くにいても、望は俊一の一部どころか、恋人でさえない。俊一には恋人がちゃんといて、その人と抱き合う時は、きっと望と抱き合うよりも幸せなのだろう。望を抱き寄せるのは同情でも、恋人を抱き寄せるのは、俊一がその人を愛しているからだ。

その想像が、望は悲しかった。

（さみしいなあ……）

深く重く、さみしさは望の心の奥底へ沈んでいく。

（さみしい……）

誰かを、誰でもいいから俊一以外の誰かを、早く好きになりたい。

そう思うのと同時に、こうしてさみしさを感じたままでもいいから、俊一のそばに寄り添っていたいと考えている、諦めの悪い自分がいる。いつまで経ってもなくなってはくれない自分のこの意固地な気持ちを、望はもうずっともてあましていた。

「……今日、俊一のところに泊まっちゃだめ？」

そっと、望は訊いてみた。今夜だけでいい、と思った。今夜だけそばにいたい。

「甘えんなよ、バカ」

「俊一の彼女が来たら、すぐに帰るって約束しても、だめ？」

どうしてもそばにいたくてつけ足したら、俊一がますます眉を寄せる。その黒い瞳の中に、やりきれないような苛立ち、そして望を哀れむような感情が、行き来していた。やがて、俊一がぶっきらぼうな声で「今日は来ねぇよ」と呟いた。それはいてもいいという合図だった。ホッとして、望は微笑んだ。

「……お前は、なんなんだろうな」

頭上で、俊一がため息をつく。

「誰かいないと、そんなにさみしいか？　一人で、いられないのか……」

優しい声で訊く俊一に、じっと見つめられる。どこかやるせないような俊一の眼差し。一人でいられないのかと問われても返す言葉がなく、望は聞こえなかったフリをして、俊一の胸に丸い頭をそっと押しつけた。

二

翌朝、望《のぞむ》が眼を覚ますと、俊一《しゅんいち》はとっくに部屋を出たあとのようだった。八月で大学は夏休みだから、アルバイトに行ったのだろう。

テーブルの上には部屋の鍵と、俊一がコンビニエンスストアで買ってきてくれたらしいおにぎりが三つ並べられ、「好きなの食べろ」と、無造作なメモが添えられていた。おにぎりは普段望が好んで食べるおかかと鮭、それにシーチキンだった。

（朝、わざわざ買ってきてくれたのかな……）

それも三つも。昨夜泊めてくれた時は、いかにも迷惑そうにしていたのに。ぶっきらぼうで分かりにくいけれど、こういうところが俊一の優しさだった。その優しさが嬉しい。おにぎりを食べながら、望は一人で笑みを浮かべた。

それから、望は泊めてもらったお礼がわりに部屋を掃除した。一人暮らし三年目、馴染みのお手伝いさんが亡くなってからは実家でもおさんどんをしていたせいで、家事だけは望のほうが俊一より得意だ。

片付けの途中で、望は赤ペンでびっしりと修正された原稿の一部を見つけた。

（頑張ってるんだなー……俊一）

感心して、思わずため息がこぼれる。それは、俊一の書いている小説だった。

去年、文芸誌の新人賞に入賞した俊一は、今その出版社でアルバイトをしながら小説家を目指している。まだ本は出せていないが、たまに短編の仕事をもらうという。昨夜泊まった時も、俊一は望をベッドへ追いやってから、一人黙々と原稿を書いていた。まるですぐ横に望が寝ているのも忘れているように見えるほど、真剣な顔で。いつも冷静な俊一のどこに、あんなひたむきな情熱が隠されているのだろう。小説を書く俊一のことを考えると、望は複雑な気持ちになる。昔から書いていたらしいのに、望は俊一が小説家になりたかったなんて、その受賞の時まで知らなかったからだ。目標のある俊一をすごいと思いながら、同時に望は、置いて行かれているようなさみしさを感じていた。

（おれにはなんにも、やりたいことがないんだもんなー……）

自分の内側を見つめても、なに一つ目標がない。その空っぽさを思うたびに、また少し、自信を失くしてしまう。

一通り家事を終えると時刻は午前九時を回っており、望は慌てて出る準備をした。

昨夜俊一が話をつけてくれ、今日の十時に、予備校のロビーで大貫《おおぬき》から荷物を受け取る約束だった。とはいえ別れたばかりの大貫と顔を合わせるのは不安で、気が重い。部屋を出た望は、ゆううつな気持ちで扉に鍵をかけていた。

「ねえ俊一、いないの？」

その時声をかけられて、望は後ろを振り向いた。背後に立っていたのは、瞳が大きく気の強そうな美人。腕組みをして望をじろじろと見つめてくる彼女には、見覚えがあった。たしか俊一が、大学に入ってから付き合いだした女の子だ。

「昨日、泊まったのってあなた？　私、電話したら来るなって言われたんだけど。あなたが、俊一の幼馴染よね？」

できれば、あまり会いたくない相手だった。望はうろたえながら、「た、多田《ただ》望です」と頭を下げた。それにしても昨夜俊一が、電話で彼女に「来るな」と言っていたと知って、望はびっくりしていた。

（おれがいたから、彼女を断ってくれたの？）

怒ったような態度をとっていたのに、俊一は彼女より自分を優先してくれたのだろうか？　そう思ったとたん、罪悪感と一緒にほんのわずかな優越感を感じて、望は彼女の顔をまともに見られなくなった。その時ふと、不審げな声で彼女に訊かれた。

「あなた、男が好きってほんとなの？」

頭の中が、一瞬白くなる。

どうしてこの人はそれを知ってるんだろう？　と、望は思った。

後頭部を重いもので殴られたようなショック。なぜだか心臓がドキドキと早鳴り、息があがる。値踏みするように見つめられると、さっき覚えた優越感さえ見透かされているようで、望はまっ赤になった。はっきりと責められたわけでもないのに、後ろめたさで胃が縮んだ。

「あの、おれ、急いでるので……すいません」

気がつくと、逃げるようにその場から駆けだしていた。彼女が怪訝《けげん》な顔をしている。こんなふうに立ち去れば、さっきの質問を肯定するだけだと分かるのに、望にはそれ以上あの場にいることができなかった。びっくりして、戸惑って——そして、傷ついて。

『男が好きってほんとなの？』

その言葉が、頭の中に何度もリフレインする。

全速力で川沿いの道を駆け、駅へ着くと、望は電車へと飛び乗った。同じ車両の乗客が、ぜいぜいと息をついている望を見て不思議《ふしぎ》そうな顔をしていた。

電車がゆっくりと動きだし、冷房の風に額の汗がひいていく。肩で息をしながら、望は閉まった扉に頭をもたれさせた。

なにしてるんだろ、と、望は思った。急に、自分がひどく滑稽に感じた。

（……ほんと、なにしてるんだろ。悪いことしたわけじゃないのに、逃げて……）

初めて言葉を交わした俊一の彼女を、思い浮かべてみる。きれいな人だった。すらりとして賢げで、俊一は、ああいう女の人が好きなんだなと思う。

扉口の窓に映った自分の姿は、男にしては細いだけ。彼女とはちっとも似ていない。

『男が好きってほんとなの？』

（彼女は俊一に、聞いたのかな……）

さっき訊かれた時、望はとっさに、そう思っていた。だから、逃げてしまった。

そうじゃないかもしれない。もしかしたら本当に偶然、別の方法で知ったのかもしれない。第一、もしも俊一が彼女に話していたとしたって、望にはそれを責められない。俊一の性格は知っている。誰かれ構わず、望が男を好きだなんて言うような人じゃない。

ただ望は、俊一も彼女にだけは、そのことを話したのかな、と思った。彼女は俊一の、恋人なのだから。誰だって一番大事な人になら、なんでも打ち明ける。とても自然なこと。それをなじるなんて、できない。

（おれだって、俊一にはなんでも言うんだから……）

ただ俊一の一番が、望じゃないというだけ。

車窓の向こうで流れていく景色に、望はそっと、ため息をついた。

（朝からこんなこと思い知るなんて、ついてないなぁ……）

薄い胸の下で、心臓が小さくひしゃげたように、痛んでいた。

約束の十時よりちょっと前には都心の予備校に着けたので、望は一人、事務所前のロビーで大貫を待っていた。

朝一番の授業が既に始まっているせいか、ロビーには人気がなく、大貫もまだ来ていない。望はぼんやりと、掲示板に張り出された去年の有名大学合格者の名前を眺めていた。

そこには、俊一の名前もある。

「多田、おはよう。お前はまた、本山《もとやま》の名前見てるのか？　飽きないなぁ」

突然後ろから軽く頭を小突かれて振り返った望は、すぐそばに立っていたスーツ姿の若い男に、ぺこりと頭を下げた。

「竹田《たけだ》さん、おはようございます」

竹田は授業カリキュラムを組み立て、受験を指導してくれる予備校のアドバイザーだ。望の担当だけでなく、去年は望と一緒にこの予備校に通っていた俊一のことも担当していた。竹田はにっこりと笑い、周囲をちらりと見渡している。

「ここで今日、大貫と会うんだろ？　今朝、本山から電話があったんだよ。大貫がお前に変なことしないように、立ち合ってくれって」

「え……、俊一、そんな電話したの？」

竹田の言葉に、望は眼を瞠った。心配されて嬉しいような、同時に男として情けないような複雑な気持ちに、望は頬を赤らめてうつむいた。

「ご、ごめん。竹田さん。変なことさせて……」

「いや。それより、大貫と別れられてよかったな。さっさとそうしろって、俺も思ってたくらいだよ」

望は恐縮したけれど、竹田はあまり気にしていないようだった。

竹田には、同性しか好きになれないことを知られている。高校三年生の頃、同じ予備校に通っていた同級生の男に、空き教室でしつこく迫られているところを見られたからだ。その男が逃げるように予備校を辞めてしまったあとも、望は父に申し訳なくて辞められず、初めは嫌われただろうと覚悟していたけれど、竹田は望を軽蔑《けいべつ》する様子もなく、数日後の進路相談の時、世間話でもするような軽い調子で言ってきた。

『お前はなあ、見てると、誰が好きなのかはすぐ分かる。男が好きだってこともな。そのうえ誰にでもニコニコするから、バカな男が自分もいけるかもって思うんだよ。もう少し危機感を持ったほうがいいぞ』

その言葉からは蔑《さげす》みも同情も感じなかった。ただ純粋に心配してくれた竹田の気持ちが、望には嬉しかった。俊一もそのことを知っているから、竹田に電話を入れたのだろう。

「お、大貫が来たぞ」

いつの間にか十時になり、竹田に耳打ちされて顔をあげると、エントランスから大柄な男が一人、入ってくるところだった。大貫だ。大貫はちゃんと、手に望の荷物を持っている。不意に望は、昨夜の罵声と殴られた頬の痛みを思い出して怖くなり、ドキドキと鳴る心臓を抑えるように、ぎゅっと拳を作った。

「……お、おはよ。大貫」

なにも言葉が見つからず、結局ちょっと笑って挨拶《あいさつ》すると、大貫には鼻で嗤《わら》われた。軽蔑するような視線に、望は怯《ひる》む。

「昨日は本山と寝たのかよ。よかったな、俺より、あいつとヤリたかったんだろ」

ある程度はきつい文句も覚悟していたはずなのに、そう言われて望はもう笑えなくなった。けれど大貫の方が、まるで泣くのをこらえているように見えるのは、なぜだろう？

望の腕に約束の荷物を押しつけると、大貫はもうそれだけで踵を返し、エントランスへ戻っていく。

「おい、大貫、お前朝の授業あるだろ。どこ行くんだ？」

竹田の問いかけにも答えず、大貫は足早にロビーを出て行った。

「あいつ、サボる気か。……よくお前にあんなひどいこと言えたもんだな。お前もなにか言い返せばいいのに。あれだけ言われて、腹が立たないのか？」

大貫の背中が外へ消えていくのを見つめながら、望は竹田に小さく笑顔を作ることしかできなかった。

——俺より、あいつとヤりたかったんだろ。

ひどい言葉……だけれど望が思ったのは、（ずっとそんなふうに、思わせてたんだ）ということだった。うすうす気づいていたことなのに、最後の最後で言葉にされた。傷ついたような大貫の顔が、胸にひっかかってほどけない。

「でも、大貫、優しい時もあったんだよ」

まるで弁解のように、望は言っていた。すると竹田が、呆れた顔をした。

「そういうこと言ってるから、ああいう連中ばっかり寄ってくるんだぞ」

望はなにも言えずに微笑んだ。微笑んで、小さく、ほんとにね、と言葉をついだ。

「でもほんとに、優しかったんだよ……」

嘘じゃなかった。

『お前、多田、多田だろ!?』

望が大貫と再会したのは、今年の五月のことだ。

予備校の廊下で、腕を摑まれて振り向いたら、大貫がいた。大貫は望を追いかけてきてくれたのか、激しく息を切らしていた。

望は高校時代にも、大貫と付き合ったことがある。けれど、ほんの二週間で二股の末捨てられた。その時も、望は怒れなかった。ただ、「なんだ、やっぱりな」と、思ってしまった。自分の価値なんてそんなもの、その程度だと、望には思えたから。それに自分も大貫を好きになれていた自信がなくて、責めるに責められなかった。

予備校で再会した時、大貫は妙にわたわたと焦っていた。行きたかった大学に落ち、滑り止めは受かったけれどもう一年挑戦しようと、春からこの予備校に入ったのだと話してくれ、将来の目標がなにもない望は、入りたい大学があるだけでもすごく思えて、素直に感心した。

『すごいねえ、大貫。頑張ってね』

のんびりと褒めたら、頰を赤らめた大貫に突然、告白された。

『高校の時のこと、ずっと謝りたかった。だから……ここ入ったんだ。お前がいるって聞いて……もう一度、お前とやり直したくて』

その時の大貫の様子に、望はびっくりして言葉をなくした。大貫は緊張したように、大きな手のひらを何度も開いたり閉じたりしていた。

たしかに大貫との付き合いはみじめな思い出だった。けれどみじめな思い出なら他にも腐るほどある。そんなふうに謝ってくれた相手は大貫が初めてだったから、恨んでいなかったはずなのに、望は涙が出た。どんなひどい別れ方でも望は「そんなものか」と諦められたけれど、傷つかないわけじゃない。不意打ちに優しくされて、声も出さずに涙をこぼしたら、大貫は『ごめん……ごめんな』と繰り返してくれた。

『別れてからもずっと好きだった。もう一度付き合ってほしい』

何度もそう口説《くど》かれるうちに、望も大貫の気持ちを信じるようになった。今度こそ大丈夫。大貫は本気で自分を愛してくれる。自分も、こんな大貫なら愛し返せると。

今でも、そう思ったことは間違っていなかったと思う。あの時の大貫の言葉も気持ちも、きっと嘘ではなかった。

けれど付き合いだして一ヵ月もするうちに、大貫は眼に見えてイライラしはじめた。嫌われたのだろうと思っていたから、昨夜呼び出されて『別れよう』と言われても驚けず、せめてきれいに別れたくて頷いたとたん、殴られたのだ。

『やっぱりな。どうせお前は、誰でもよかったんだ！』

そう、吐き出されて。

「お前はなあ、優しすぎるんだよ」

隣で竹田が、そんなふうに言うのに、望は小さく首を傾げる。

「そうかな……」

「大貫に対しても、もっと怒っていいのに怒らないだろ。いつもそうじゃないか」

どこかもどかしく言われて、望は、やっぱり自分がおかしいのだろうな、と思った。怒るべき相手に怒れない。それは竹田だけじゃなく、俊一にも言われている。けれど望はどんな時も、

（おれも、悪かったのかな）

と、思ってしまうから怒れなくなる。例えば大貫にひどいことを言われても、怒らせた理由が自分にもあるからだと——腹が立つより先に、考えてしまう。

とにかく、と言って竹田が望の背中をぽん、と叩いた。

「次は言われたからじゃなくて、自分から好きになった人と付き合ったほうがいいぞ」

励ましてくれる竹田に微笑み返しながら、けれど望には自分から好きになった相手と付き合える日が来るなんて、とても思えなかった。

(おれにはそんな奇跡、ないんじゃないかなあ……)

どうしてか、そんな気がする。

ふと見ると、どこから迷い込んだのか、小さな蝶がロビーの中を飛んでいた。夏の間、こんなことは珍しくない。

そういえば高校の時も、間違って校舎に入ってしまった蝶を、よく見かけた。

いつまで経っても外に出られないと、下駄箱の隅っこの吹きだまりなどで、蝶は翅《はね》を砕けさせて死んでいた。ある時そんな蝶に、俊一がぽっつり『かわいそうになあ……』と言ったことがある。

『外に出られないと、翅がぼろぼろになるまで壁にぶつかり続けて死んじゃうだろ。それじゃ、かわいそうだな……』

俊一は蝶が外に出られるよう、廊下の窓を開けてやったりしていた。あの頃——かわいそうにと言う俊一の声の優しさが、望はとても好きだった。なんでもできて、足りないものなんてないのに、小さな蝶に気がつくような俊一の飾り気のない優しさが、望はとても好きだった。

そしてその優しさで、俊一は自分を放り出せないのだと、望は知っていた。

「おれ、本当は俊一が……俊一がね、俊一の、ことだけが」

望が小さな声で言うと、事務所のほうへ戻りかけていた竹田が足を止めて、こちらを振り返った。竹田には、望の声が聞こえなかったらしい。「なに？」と促されて、けれど望は、喉元まで押し上がってきていた熱い塊をぐっと飲み下し、言葉をしまいこんだ。

小さな蝶はロビーの中を、まだ出口も知らずに、ひらひらと飛び回っていた。

予備校の授業が終わったその日の午後、望の携帯電話に俊一から電話がかかってきた。

俊一から連絡をくれるなんて珍しいので、びっくりして思わず「どうしたの？」と浮き立った声で電話に出ると、俊一には『どうした、じゃねえよ』と叱られてしまった。

『荷物。受け取れたのか？　大貫と変な約束してないだろうな』

「……あ、してないよ。ありがとう。心配かけてごめんね」

あ、そうかそのことか――と思いつつも、やっぱり俊一が電話をくれたのは嬉しい。もう少し話せないかと、知らず、話題を探してしまう。

『ところでさ、俺、お前の予備校近くにいるんだけど……ちょっと時間ないか？』

珍しく俊一のほうから誘われて、望はさらにびっくりした。さっきまでは大貫のこともあって落ち込んでいたのに、たったそれだけで望はゲンキンにも元気になり、自然と声も弾んでしまう。

「うん、時間ならいっぱいあるよ。どこで待ってたらいい？」

『いや……十分くらいで平気。ちょっと会わせたい人がいるだけだから』

(会わせたい人？)

望は不思議に思いながらも、電話を切ると俊一が指定したカフェへ向かうことにした。

時刻はちょうど昼下がり。街中には夏休み中の学生が多かった。カフェに着くと店内席がいっぱいだというので、望は人気のないテラス席に案内された。テラスは丈の高いニオイヒバに囲われ、天井は西洋アサガオの蔓棚になっている。炎天下で暑かったけれど、望は俊一を待つ間ずっとうきうきしていた。携帯電話に『あと五分で着くから』というメールが届くと、もうすぐ会える嬉しさで、何度となく入り口のほうを振り返ってしまう。

その時だった。

「あーやっぱり、望ちゃん。望ちゃんじゃーん」

突然の脳天気な声に、望はぎくりとした。

「ご、五島《ごしま》……？」

すぐ横へ、男が一人座ってくる。さっきまでの楽しかった気持ちが一気に消え、かわりに警戒と嫌悪で体が強ばるのを感じた。

「な、なんで五島がここにいるの？　あ、勝手に座んないでよ……」

「今さっき、たまたま望ちゃんがこの店入っていくの見えたんだよぉ。会えて感激ィ」

望の抗議なんて聞こえないかのように、五島は浅黒い顔へニヤニヤ笑いを浮かべていた。

五島徹《とおる》は、望の高校時代の同級生だ。背は望よりわずかに高いくらいだが、がっちりと筋肉質な体型をしており、顎ひげを生やして髪を明るく染めている、見ためからして軽そうな男だった。

ウェイトレスが望の注文したアイスティーと一緒に五島のアイスコーヒーも持ってきたので、望はどうやら五島が先に頼んでいたらしいと気がついた。その抜け目のなさに、相変わらず強引だ、と呆れる。

望は昔、告白されて五島とも付き合っていたことがある。けれどやはり長続きしなくて、別れる時には『男同士でどうヤるのか興味があっただけ』と言われたうえに、別れてからもたびたび体目当てに迫られた。そんな過去のせいで、望は五島のことが苦手だった。なにより俊一が、五島を心底嫌っている。鉢合わせれば怒られるのは眼に見えているし、なんとかして、俊一の来る前に五島を帰らせたかった。

「五島、おれ、約束があるから……そこに座られると困るんだけど。もう帰ってよ」

「冷たいねえ。なんだよ、俺は望ちゃん慰めに来たんだぜ。大貫と別れたんだろ？」

なぜそれを知っているのだろう。眼を瞠《みは》ると、五島が「仲間内じゃ、いつ二人が別れるかって結構噂してたんだよ」と、口の端をつり上げて笑った。

「俺が次の彼氏になってやろうかあ？　望ちゃんならいいよ、俺。立候補しちゃう」

汗ばんだ腕が肩に回され、望は嫌な気持ちになった。まるで物みたいに軽く扱われている。

「放してよ」

「はは、相変わらずエロい顔してるよね。俺、望ちゃんのお尻忘れられないんだよね」

望はカッとなって五島の胸を押した。けれど太い腕に力をこめられ、ますます密着されただけだった。それには、さすがの望も腹が立った。

「やめてってば。ここ、外だよ」

勇気を出して声を張り上げても、五島にはちっとも怯む様子がない。

いつもそうだ。子どもの頃から、望の声はどうしてか、誰にも取り合ってもらえない。

「大丈夫、この席木の影で周りから見えないし。なあ、男いなくちゃ、体もてあましちゃうだろ。来る者拒まずのやらしー体してんだから。また俺がかまってやるって」

来る者拒まずのやらしー体。その言葉が、望の胸にぐさりと刺さった。

か。


（おれって、そんなふうにしか見えないんだ……？）

そのショックで、望は五島を押しのけることとさえ忘れた。

今まで、好きだと言ってくれる人を拒まずに受け入れてきたのは、セックスが好きだったからじゃない。いつも相手を好きになる前にすることになるから、望はむしろセックスが苦手だった。けれどはたから見れば、ただ抱かれることが好きなようにしか見えないのか。

（似たようなことを、俊一にも言われたっけ……）

「誰でもいいように思える」と。あの時の悲しみが胸に返ってくるのと同時に、望の中にはどうしてか、そう思われても仕方ないと、諦める気持ちも湧く。

どうして、そんなふうに思ってしまうのだろう？　自分でもよく分からなかった。

「おい、なにしてんだよ！」

その時荒々しい声が聞こえて、望は物思いから我に返った。

いつの間に着いていたのか、俊一がテラス席に駆け込んでくるところだった。とたん、五島が眉をしかめて、「げっ」と声をあげる。

「約束って本山かよ。あー、なんにもしてませんよ。じゃあまたね～、望ちゃん」

高校時代から何度も俊一とケンカをして痛いめにあっているからか、五島はそそくさと立ち上がると、呆れるほど素早く逃げてしまった。

「なにやってんだ、お前？　五島とはもう連絡とるなって言ったろうが！」

思っていたとおり、五島がいなくなるのと同時に望は俊一に叱られた。

「違うよ。偶然会っただけ。なんにもされてないよ」

「なんにも？　たった今、触られてたろうが！」

俊一が、こめかみに青筋を立てる。望は五島を前にした時以上に、身をすくめた。

「おいおい、本山。俺のことを忘れてないか？」

すると苦笑交じりの声が聞こえ、見ればすぐ後ろに俊一と同じくらい背の高い男の人が一人、立っていた。

「篠原《しのはら》さん、すいません。みっともないところ見せて……」

俊一が苦い表情で返す。俊一の言っていた「会わせたい人」というのは、この人だろうか？　不思議に思って見ていると、篠原と呼ばれた男の人に「多田望くん？」と呼びかけられ、望は驚いた。

「この人は俺のバイト先の出版社に出入りしてくださってる、カメラマンの篠原さん」

俊一がしぶしぶといった表情でテーブルにつき、篠原を紹介する。

「どうも。本山の手伝ってる文芸誌の巻頭写真、俺が撮ってるんだ」

（なんでおれに、そのカメラマンさんを紹介するんだろ……？）

戸惑いながら、望は篠原から差し出された名刺を受け取った。

篠原は健康的に日焼けした肌に、落ち着いた瞳が印象的な人だった。無造作に伸ばされた髪も日に焼けて茶いろく、垂れがちの眼に肉厚の唇をしている。俊一とは正反対のパッと目立つ顔立ちで、笑顔は夏の空のようにからりと明るい。年は三十代前半に見える。

望はいつだったか俊一が、アルバイト先のカメラマンと親しくしていると話していたのを思い出した。たぶんそれが篠原なのだろう。

「うーん、河合《かわい》さんが言ったとおり。望くん雰囲気《ふんいき》がいいね。ぜひお願いしたいな」

身を乗り出す篠原に、俊一はなぜか不機嫌そうに眉を寄せている。

「そういうガラじゃないですよ、多田は」

「あの、なんの話ですか？」

二人の会話についていけず、望はおずおずと訊いた。すると篠原が「モデルを探してるんだ」と説明してくれた。

「モデル？」

「雑誌や広告みたいに大それたものじゃないから安心して。俺の個展用に撮りたいだけなんだ。素人の、中性的な男の子がいいなあって話してたら、河合さんて人が本山の知り合いにぴったりの子がいるって教えてくれて」

河合さんというのは、俊一の担当編集者の名前だったはずだ。望は一度俊一の働く出版社に物を届けたことがあり、その時にちらっと紹介されていた。

「へえ……個展とか開かれるんですね。すごい」

「鈍いやつだな、篠原さんはお前にモデルしてくれって言ってんの。分かってねえだろ」

「え？」

あまりにも突拍子のない話に、望はぽかんとした。俊一がすかさず、「ほらね」と篠原を振り向く。

「こういうやつなんです、モデルなんて向いてません。犬ならペットフードの被写体くらいできるでしょうけど、人間ですし」

「まあたしかに、ぽーっとしてるね」

「見ため以上にぼけてるんです。変なムシに寄って来られても困りますから」

なぜか俊一がまくしたてていたけれど、自分がモデルに向かないのはそのとおりなので、望は黙っておくことにした。

「紹介してくれって頼み込んで、河合さん使ってまでお願いして、やっと会わせてくれたと思ったらこれだよ。きみの幼なじみはうるさいうえに、ヤキモチやきだね」

篠原にわざとらしくため息をつかれ、望は困りながら愛想笑いを浮かべた。

（俊一がおれのことで妬《や》くはずがないと思うんだけど……）

なんだか話に入りこめない。

「写真くらい、いいだろう。それとも俺も、変なムシか？」

「そんなつもりはありませんが、さっきの男も見たでしょう」

「個展に出すだけなんだから、そう妬くなよ」

「そういう妙な勘違いをすると思いましたよ。それも面倒だったんです」

二人が小突きあいはじめ、ついていけない望は置いてきぼりになって、半分困って二人の話を聞いていた。いつもは年齢より大人びている俊一も、年上の篠原相手だと年相応に見え、驚いてしまう。きっとすごく仲がいいのだろう。なんだか知らない俊一を見たようで、それがほんの少しさみしい。

そのうちに、篠原が「このあと仕事だから」と言って立ち上がった。

「望くん、よかったら考えてみてくれない？　まだ撮り溜めてる段階で返事は急いでないから、やる気になったら、名刺の番号まで電話くれると嬉しい」

そう言われて、望は最後まで困った笑顔で篠原を見送った。なんだかよく分からないうちに、分からないまま話が終わってしまった。

「河合さんに言われて紹介しただけだから、引き受けることないぞ。悪かったな」

篠原がいなくなったとたん、どこかイライラと俊一に釘を刺され、望はその忠告をむしろ不思議にさえ思った。

「まさか、受けないよ。おれなんて普通だから、篠原さんも本気じゃないだろうし」

引き受けないなんて当たり前のことなのに、どうして俊一がイライラしているのか分からない。すると俊一が、自嘲するように笑った。

「……普通の男を、男が抱きたいとは思わないけどな」

小声で独りごちる俊一の言葉が、望には難しく聞こえた。

（大貫や五島のこと？　それとも他の、昔付き合ってた、誰かのこと？）

望を責めているのとも違う、どこか自分を嘲るような俊一の口調に戸惑って、なぜだかはっきりとその言葉の意味を訊けない。訊いても、俊一が答えてくれないような気がしたせいもある。ふとその時、望の携帯電話が鳴った。

『あ、望ちゃん。さっきは邪魔者が入っちゃって残念だったね～』

相手を確かめずに電話に出た望は、さっき別れた五島の声が聞こえてきたので、まずい、と思った。俊一に知られたら、また怒らせてしまう。

「あのね、おれね今、忙しいから。またね」

『なあ、今夜、暇なら会ってよ。家に行けばいる？』

急いで切ろうとしたのに、五島にあっさりと無視されて、望は焦った。

「だめ。そういうのもう嫌だから。き、切るからね！」

『冷てえよ、望ちゃん。俺さみしいんだよ。最近彼女とも別れたし、話聞いてよ』

けれど哀れっぽい声を出されて、望はつい切るのをためらった。

「……そうなの？　……大丈夫？」

言ったとたん、どうしてか横で、俊一が大きなため息をつく。

『なー、今夜会ってよ。なんにもしないって約束する。さみしいんだよ』

さみしい。

五島の言葉に、望はつい気持ちを奪われた。一人ぼっちの夜の孤独さは、望だってよく知っている。

（本当にさみしいんなら、話くらい聞いてあげても……）

そう思った時だった。不意に携帯電話をもぎ取られ、望はあっと声をあげた。

「俊一！」

止める間もなく、俊一が電話の電源を落とす。

「バカか、お前。何度目だ？　五島からだろ、バレてんだよ」

相手が俊一に知られていたことに、望はたじろいだ。俊一は頭痛がするようにこめかみを押さえている。

「お前はな、そういうところがぼけてるんだよ……。俺が分からないと思ったのかよ。簡単に絆《ほだ》されやがって、どうせまたさみしいって言われたんだろうが」

「でも五島、彼女と別れたんだって……落ち込んでたみたいだから」

「ほいほい騙されるな。そんなの嘘に決まってるだろうが」

「分かんないよ。本当に……さみしいのかも」

「あのなあ、あんな男がさみしかろうが、どうでもいいだろ!?」

叩きつけるように言われて、望はハッと息を呑んだ。

(どうでもいい……。そっか、普通はそう考えなきゃいけないんだ……)

俊一の言葉に、今さらのように気づかされた。いつも言われていることなのに、望の中には俊一のような感覚が育っていなくて、さみしいと言われればそのさみしさに自分のさみしさまで思い出して同調し、心が揺らされてしまう。そうか、さみしいのか、なら仕方ないねと、すぐに思って許してしまう――。

「なんかある度に逃げ場にされる俺の身になれよ。高校ん時、何回五島のことで泣かされたんだ?　いちいち男につけこまれやがって。着信を拒否しろ！」

けれどそうまで叱られると、さすがに反論もしたくなった。望だって、今夜部屋に来ていいとは言わなかったのだし。

「お……おれももう子どもじゃない。自分でちゃんと断れるよ。それに、自分で決めて受け入れたことだってあるし」

「じゃあいつも喜んで尻突き出してたのかよ。無理やりヤられんのが好きなのか。犯されるのが好きなのか？」

唾棄《だき》するような俊一の声。あまりの言いぐさに、望は言葉を失った。

(犯されるのが好きって……。そんなわけない――)

来る者拒まずの、やらしい体。誰でもいいと、俊一にも思われている。

（それじゃおれ、まるで物みたい……）

違うと言いたいのにどうしてか言葉が出なくて、望は押し黙った。張り詰めた沈黙が流れ、やがて俊一が小さく舌を打つ。そして「違うなら、反論しろよ」と呟いた。

「違うなら、違うって言えよ。じゃないと俺はそう思うしかなくなるだろうが。お前がバカ男どもを許すのは、誰に抱かれてもいいからだって。そうされんのが好きなんだって」

俊一はそう言うと、自分の言葉に怒ったように眉を寄せた。

「でも、違うんだろ？　お前はな、五島や大貫だけじゃない。俺にも、本気で怒れない。すぐに相手の気持ちを察して、諦めちまう。あいつらや俺が、本音では悪気がなかったとか、さみしかったからだとか、好きだから傷つけたんだとか、そんなことお前には関係ないんだ。なんでも許すなよ。いい加減、自分を守れ！」

激しく怒鳴《どな》られて、望は息を止める。

口のきけない動物みたいだよ、お前は、と、俊一が言った。

「傷つけられても文句も言えない。どこまでも自分がひいていく。なんで怒れないんだ。大貫のことは殴ったあいつが悪いし、五島にしたってお前で遊ぶあいつが悪い。そりゃお前もトロいけど、それを分かってててつけこむほうが悪いに決まってる」

俺だって、と俊一がいくぶん声を落とす。

「俺だって……お前にひどいこと散々言ってる。なのに、お前は怒らない」

そう言う時の俊一の顔は辛そうだった。それに望の胸が、小さく痛んだ。

「ごめんね」

怒れと言われているのに、辛そうな俊一の顔を見ると口をついて出てきたのは謝罪だった。すると俊一が、やりきれないように息をつく。

「だから、なんで謝るんだよ？　違うだろ、もっと怒ることとできるだろ⁉」

怒鳴られても、望はどうしたらいいのか分からなかった。

（だって俊一に、どう怒ったらいいの？　ひどいこと言わないでって？　……本当のことなのに。それを言いたくなる俊一の気持ちだって、分かる……）

——望が感じるのは怒りではなくて、ただ、深い悲しみと、さみしさだった。

こんなに身近にいても、小さな頃からずっと一緒でも、自分の気持ちを俊一には分かってもらえないさみしさ。けれど分かってもらえなくても望には俊一が必要で、本当は俊一のほうが正しいことも分かっている。

間違っている自分に俊一が腹を立てるのは当たり前で、そんなふうに怒っている俊一から反論しろと言われても、やっぱり望は怒れない。

わがまま言えって言ってるだけだよ、と呟き、俊一は額に手をあてて、疲れたように息をついた。

「ああ、もういいよ。俺だってこんなこと、うんざりしてんだ……」

望の胸がドキリと脈打った。俊一に本当に嫌われて、もう放り出されるかもしれない。怖くなり、息を詰めて俊一を見つめる。すると俊一が望と眼を合わせ、苦い顔で微笑んだ。

「お前のことじゃない。俺にだよ。俺だって、お前のこともっと放っておくべきなんだ」

「そんなこと言わないでよ、俊一」

望はたまらなくなって、思わずそう言っていた。いつも抑えている気持ちが溢れそうになり、声が震えた。俊一に放っておかれたら、さみしくてどうにかなってしまう。

「おれのこと叱ってくれるのも、許してくれるのも、俊一だけだよ。……そのうち、ちゃんとするから。だから、それまで」

せめてそれまで、そばにいさせて。幼なじみとしてで構わない。手のかかる、どうしようもない相手だと思ってくれていい。彼女に、男が好きな面倒くさいやつだと話してくれたっていい。……嫌ってくれたっていい。

けれどそれは、言葉にならなかった。

小さなカフェの上空を、低い音をたててジェット機が飛んでいく。

俊一が「べつにいいんだよ、誰でも」とつけ足した。

「誰でもいいんだ。お前を泣かすようなことしない、男なら」

俊一は、もう怒っていないようだった。言葉の最後は、望を哀れむような、優しげな声の響きに変わっていた。頬杖を突いてじっと見つめてくる俊一の瞳には、温かな光が灯っている。望は胸の奥が、痺《しび》れたように切なくなった。

本当はね、と、口にはせず胸の中だけで思う。

（本当は……おれ、俊一が好きなんだよ）

本当は、俊一のことだけが好き。

何度も何度も、俊一と出会ってから思ったことを、他の人には一度だって思えたことのない深さと熱さで、思う。けれど望の視線に気づいた俊一が「なんだよ」とおかしげに眼を細めるのに、望は「ううん」と微笑んでごまかした。

どんなに好きでも、叶わないことはある。

望はイスを動かして、俊一の肩にそっと額を寄り添わせた。俊一のシャツからうっすらと香る汗の匂いは、もうすぐ暮れていく夏、終わってしまう夏の名残《なごり》のようだった。顔をあげると、俊一が切れ長の瞳に怒ったような表情を浮かべて、望を見下ろしていた。

「キスしちゃだめ？」

「アホか。往来だぞ」

「この席、外から見えないみたいだよ。一回だけ。わがまま言っていいんでしょ？　犬に嚙まれたと思えばいいじゃん」

「お前が犬かよ？」

俊一が思わずというように笑ったから、望もふふっ、と笑った。キスをしてと言ったのは、冗談だった。ただ俊一に、笑ってほしかっただけだ。

けれど笑いながら離れたら、不意に望は腕を引かれ、俊一の胸に抱き寄せられていた。薄い腰に、俊一の強い腕が回る。顎を片手であげられて、つい眼をつむったとたん、軽く触れるだけのキスをされた。

俊一の唇は望のものより少しだけ分厚く、熱っぽい。夢のような陶酔が、ほんの一瞬望の背を駆ける。俊一とキスをするのは初めてのことではなく、高校時代から時々、望がせがめばしてくれた。けれどいつでもそれは、望にとって初めてのように尊い。

「おしまい」

からかうように言って、俊一が離れていく。望はドキドキしながら、頬を染めて微笑んだ。キスをしてくれて嬉しいという気持ちを、好きだという気持ちを、言えないかわりに、その笑顔だけにこめた。

俊一は、自嘲を浮かべて苦笑すると、髪をかきあげて望から眼を背けてしまう。

「……あーあ、お前はいい子だよ。俺だって、なんでこんなことしちまうんだか……」

どういう意味か分からずに望が見つめても、俊一はそんな望と眼を合わせ、眉を下げたまま、仕方なさそうに微笑んでいるだけだった。

三

八月の最後の週、東京は雨天が続いていた。雨が地表の熱を奪い取ったせいか、その週はずっと肌寒く、予備校の授業が終わってから大型の本屋に入った望《のぞむ》は、冷房の効いた店内で薄い肩をすくめて身震いした。ふと、雑誌コーナーで見覚えのある背中が視界をかすめ、望は立ち止まった。

「篠原《しのはら》さん？」

しばらく迷った末に声をかけると、顔を上げたその人は驚いたように望を見た。雑誌のコーナーにいたのは、先日俊一《しゅんいち》から紹介されたカメラマンの篠原だった。日に焼けた肌に白いシャツを羽織《はお》っており、その姿がやけに爽《さわ》やかに映る。

「望くんか。偶然だね、大学の帰り？」

篠原は眼尻を下げて笑い、望が抱えている参考書を一瞥《いちべつ》しながら訊いてきた。

「あの、予備校帰りなんです。おれ、大学は落ちたから。篠原さんは？」

「俺は仕事が終わったところ。この近くのスタジオに出向いてたんだ」

篠原は以前会った時と同じように、肩から重たそうなカメラバッグを提げていた。

(俊一もいるのかな？)

思わず周りを見回すと、篠原に「本山《もとやま》はいないよ」と笑われて望は恥ずかしくなった。

「望くんこのあと暇？　よかったら、夕飯付き合わない？　誰もつかまらなくてどうしようかと思ってたところなんだ。おごるよ」

「えっ、いいんですか？」

おごると誘われて、ついつい心が動いた。けれどよく知らない篠原についていったことを知られたら、俊一に怒られるかもしれない。それに望はモデルの話を引き受けるつもりもないので、厚かましい気もした。

もたもたと返事に迷っていると、篠原が念押しするように「お願い。飲みたいんだけど、一人じゃさみしくて」と言い募る。

さみしい。望はその言葉に弱い。断れなくなって頷くと、篠原は満面の笑みになった。

篠原が連れていってくれたのは、そこからすぐの飲み屋だった。飲み屋といっても学生が多いチェーン店ではなく、サラリーマンの中年がほとんどの立ち飲み屋に近い店だ。ずいぶん古くからあるらしく、看板には年季が入っている。店の中に入ると香ばしいホルモンの匂いが鼻先をくすぐり、肉を焼く煙がカウンターの向こうにもくもくとあがっていた。

そしてまだ日が落ちたばかりなのに、店内はもう仕事帰りの客でいっぱいだった。

「ごめんね、おっさんくさい店で。でもここ、美味《おい》しいんだよ」

望は篠原に誘導されて、カウンターの奥の席に着いた。頭にバンダナを巻いた店員が、元気のいい声で「いらっしゃい」と声をそろえる。

「こういうとこ、初めて来るから嬉しいです。いい匂いがする」

望は物珍しくて、ついきょろきょろとしてしまった。

「いつもはどんなとこ行くの。望くんくらいの年ならお洒落《しゃれ》なお店だろうね」

「ていうか、居酒屋には、初めて来ました。おれ、一緒に遊ぶような友達少ないから」

「意外だなあ。友達いっぱいいそうに見えるのに？」

「友達になれないんです。おれ、男の人が好きだから、付き合っちゃうか、相手が気持ち悪がっちゃうかで……」

うっかり口を滑らせ、望はしまったと思った。前々から俊一に、そういうことは頃合いを見て必要なら言うようにしろと言われていたのに。

（おれって本当、バカ……）

後悔したけれど、あとの祭りだ。おずおずと窺い見ると、篠原はにっこりとして小さな紙に両面印刷されたメニューを差し出してくれた。

「飲み物なにがいい？　好きなの頼んでいいよ。でも未成年だから、飲み過ぎないでね」

なにごともなかったかのような態度で、篠原はタバコに火をつけている。そんな仕草が厭味《いやみ》もなくサマになっている。望が男を好きだと訊いても驚かないのは、篠原が大人だからだろうか？　どちらにしろ、軽蔑されなかったようで望はホッとした。

「おれ、お酒はあまり分かんなくて……」

「じゃあ、甘いの頼もうか。それなら飲みやすいと思うよ。でも一杯だけね」

篠原は望に甘い梅酒のサワーを頼んでくれ、料理も適当に注文してくれた。脂身の香ばしいホルモンや、鶏皮のポン酢和え、甘辛い赤だしのつゆがたっぷり具にしみこんだ煮込み、豚肉と溶き卵で作ったとんぺい焼。どれも塩加減がちょうどよくて、美味しかった。食べると喉が渇き、きんきんに冷えたサワーがついつい進む。

「せっついて飲むと酔っ払っちゃうぞ」

望があんまり美味しい美味しいと言うからか、篠原は楽しそうに笑った。

「望くんて、可愛いね。言われない？」

「……あ、子どもっぽいからですよね」

篠原の言葉に、望ははしゃぎすぎたかと恥ずかしくなった。

「中身はね。でも外見はもっとアンバランスだね。幼げなのに、色気はある。はんなりしてるっていうか。男が抱きたくなるような……」

そう言った篠原に、ふと親指で下唇をぬぐわれ、望はびっくりして薄い肩を強ばらせた。眼を見開くと、睫毛の影の向こうにじっとこちらを見つめてくる篠原の男くさい顔がある。

「……タレ、ついてたよ」

そう言って、篠原が望の唇をぬぐった指をぺろりと舐めた。カウンターの下では望の膝頭に篠原のそれが当たっており、望はどぎまぎしてとっさに膝を離した。

「……あ、あの」

「なあに？」

ごく普通の態度で訊かれると、自分が意識しすぎているだけのように思えてくる。「いいえ」と言ってごまかしたけれど、なんだか気が散って箸を持つ指が震えた。そんな望を見て、篠原がくすっと笑った。

「実は結構男を知ってるんでしょ。抱かれたことあるんだなってすぐ分かる」

「え？」

「本山が隠してるのってどんな子だろうって思ってたけどね」

「……俊一は、おれを隠したりしてないですよ？」

望は戸惑いながら、首を傾げた。

「おれと俊一って、普段あんまり会わないし電話もしないんですよ。俊一は忙しいし」

それは本当のことだ。望はいつでも俊一に会いたいけれど、俊一は違う。あまり頻繁に連絡をしてうっとうしがられたくないから、メールもなるべく控えている。

「隠してるよ」

けれど篠原は、頼んだ冷酒を手酌で猪口《ちょこ》へつぎながら、強情に言い張ってきた。

「モデルのことだって、会わせてもらうの大変だったからね。しかもあのあとすぐ電話があったよ。『断るそうですから』って。横暴だよね」

「でも……おれにモデルなんて合わないし……」

「本山はきみを、誰にも見せたくないんだと思うよ。嫉妬しちゃうんじゃないの」

望は篠原のとんでもない勘違いに一瞬眼を瞠り、思わず、笑ってしまった。

「篠原さん、おかしいです。俊一は幼なじみだから、おれをほっとけないだけですよ。俊一にとって、おれはお荷物みたいなものだし……」

けれどそう言ううちに、望の笑みは苦笑になってしまう。

「おれ、流されやすいからすぐに誰とでも付き合っちゃって、俊一は呆れてるんです。ちゃんと誰かを好きになって、おれが落ち着いたら俊一も安心するんだろうけど」

けれどそうなったら、俊一はもう望のことなんて忘れてしまうだろう。

「今まで、本気で好きだった人はいないの？」

訊かれて、望は返答に詰まった。

高校の時に付き合った人たちや大貫のことが、次々と思い浮かぶ。

大貫は二度目の付き合い初めはとても優しくて、セックスの最中何度も「痛くないか？」と訊いてくれた。自信なさげに訊かれるとその優しさが愛しくなって、望はいつも大貫の

太い首に腕を回して、頭を撫でてあげた。

けれど——けれど別れてしまったら、もう抱かれたいとは思わない。憎しみが湧かないのと同じように、もう一度やり直したいという欲求もまた、どこを探しても見つからない。いつもそうだった。どれほど悲しくても、別れるのが嫌で誰かにすがったことはない。

「こないだのカフェできみに言い寄ってた男は、ガラの悪いやつだったね。……元彼？」

篠原に訊かれて、望は半ば気まずい表情で、頷いた。

「俊一が言うには、おれはろくでなしばっかりと付き合うって」

「そりゃまた、どうしてろくでなしを選んじゃうの？」

「……でもそんな、みんな、悪いところばかりじゃなかったんですよ」

いつものように望が庇うと、篠原が煙草《たばこ》の灰を落として、独り言のように「きみは許しちゃうんだね」と呟いた。

「望くんは本山のこと、好きなんじゃないの？　つまり、恋愛対象としてだけど」

思いがけない問いに黙り込んだら、篠原に「怖がらないで」と微笑まれる。それで少し気が抜けて、望も笑い返すことができた。

「……でも俊一が、男のおれを好きになることはないんです」

「まあ本山っていうのは、基本的に日向《ひなた》の人間だからね」

篠原にも、あっさり肯定されてしまった。俊一は男を好きになったりしない。望もそうと知っている。俊一が望にキスをしても、俊一にとっては犬や猫にするようなもの。そして俊一は望よりずっと柔らかくて、ずっと可愛い、女の子という生き物のことが好きなのだ。

　グラスの中身を空けると、甘い酒が舌の上にこっくりと染みてくる。

「……好きの種類が」

　サワーの心地よい酔いが回って気が緩み、望はふと、呟いていた。

「好きの種類が一つだけならいいのになあって思うんです。愛、って言葉でいろんな気持ちがくくられてるけど」

　どうして必ずしも、愛した分だけ返ってこないのだろう。誰かが好きな誰かは、そのまた別の誰かを好き。そしてその別の誰かも、また他の誰かを好き。愛された分だけ愛し返せたら、きっとさみしくないはずなのに。たとえば本当に大貫を愛し返せていたら、よかったのかもしれない。

（おれのほうが、本当は、誰も愛せない人間なのかも……）

「気持ちの種類が違ってるから、人生は面白いとも思うけど」

「ほんとだ。なんでも一緒にしようって思うのは、単純すぎますね。暴力みたい……」

　望は笑った。篠原はどうしてか、物思いにふけるような視線でじっと望を見つめてきた。

　二人で店を出る頃、来る前に降っていた雨はやんで空には月がかかっていた。

繁華街の大通りを避けて、人通りの少ない裏道を通って駅へ向かう。望はサワー一杯でほろ酔い気味になり、足下もふわふわと覚束《おぼつか》なく感じられた。

「望くんは地上線だよね。俺は地下鉄だからもうちょっと先から乗るんだ」

地上線の駅が見えたところで、望は篠原に手を差しだされだ。自分のそれより一回り大きな手のひらと、握手をする。

「小さい手だなあ……。知ってた？　手が小さいと幸が薄い」

その言葉にドキリとして息を詰めると、篠原が冗談だよと笑った。不意に手を引かれ、望は前のめりによろめいた。

「こんなふうにしたら流される？」

「え？」

顔を上げたとたん、厚い胸に抱き込まれ、キスをされた。唇は一瞬で離されたけれど、すぐに肩をつかまれ、今度は深く口づけられる。篠原は望の舌先を強くすすり、熱い舌で敏感な口中を舐めてくる。

「……んっ」

篠原の飲んでいた辛い冷酒の味が、望の舌にもほのかに伝わってきた。背筋に甘いものが走り、望はどうしよう、まずい、と思った。厚い胸を押し返しても篠原はびくともせず、望の舌は巧みにからめとられてしまう。

「だ……、だめです……っ」

やっとの思いで頭をふり篠原から逃れると、二人の唇の間を唾液の糸が伝うのが見え、望はかあっと頬を赤らめた。けれど篠原は、悪戯の見つかった子どものようにペロっと舌を出している。

「ごめんね。望くんがあんまり可愛いから、急にしたくなった。怒った？」

まるで悪びれずに言われると怒れなくなり、望は赤くなった顔をうつむけた。

こういう時、どうしたらいいのだろう。男にキスをされるのは初めてのことではないのに、ただ困ってしまう。

「望くんさ、俺と付き合わない？」

そして耳元で囁かれ、望はびっくりして篠原を見上げた。

（ど、どうして？　まだ会ったばっかりなのに……）

言葉には出さなかったが、困惑は顔に出ていたらしい。篠原は微笑み、首を傾げてきた。

「ちゃんと好きだなって思ったんだよ」

好きだと言われて、望の脳裏にはなぜか俊一の顔が浮かんでくる。俊一も望にキスをしてくれるけれど、それは羽根のように軽い、触れるだけのキスだ。

（彼女には、今みたいなキス、するんだろうな……）

ふと思い、自分の考えに気持ちが暗く塞《ふさ》いでいくのを感じた。なんでもすぐに俊一と結びつけてしまう自分のばかげた思考回路に、我ながら呆れてしまう。

「幼なじみ……ってね、いつまでも一緒にはいられないものじゃないのかな。特に……どちらかがどちらかに片想いしていたら」

言われた言葉に、望はハッと息を止めた。顔をあげると、篠原に優しく微笑まれる。

「いつか、離れる時が来る前に、忘れたほうがいい。俺なら、本山のこと忘れさせるよ」

その言葉に、望はもしかしてこの人なら、俊一よりも好きになれるだろうかと、心を揺らした。篠原は大人で、穏やかで、男の自分を好きだという。それに俊一も信頼している。

(おれが篠原さんと付き合ったら……俊一はホッとするかもしれない)

けれど望は小さな声で、「……すみません」と呟いていた。

望にはまだ、誰かを選ぶ勇気がない。これまでと同じように失敗するかもしれないと思うと、軽々しく付き合うとは言えなかった。

「いいよ。モデルの話と一緒にさ……考えてみて」

諦める様子もなくそう言われて、望は応えられなかったことが、後ろめたくなる。

(この人のこと、好きになれたら、ラクになるのかな)

愛された分だけ愛し返せたら、きっとさみしくなくなるだろう。頭の片隅でそう思いながらも、望の脳裏に浮かんでくるのは、やはりどうしても俊一の姿だった。

その晩、望は夢を見た。

夢の中、望はまだ七つか八つだった。

真夜中、幼い望は階下から聞こえてくる荒々しい物音に眼を覚ましてベッドを抜け出し、真っ暗な廊下を壁伝いに歩いているところだ。階段を下りる手前で、望は立ち止まる。階下のリビングから、父と一番上の兄の怒鳴り合う声が、聞こえてきたからだ。

『いつも俺にばかり望の世話を押しつけて、父さんには親の自覚がない』

兄が言うと、

『誰のおかげで生きてられるんだ。望は一人だけ小さい、誰かが面倒を見るしかない』

父が不機嫌に当たり散らす。

望は階段の途中でうずくまり、激しく鳴る心臓を小さな手で寝間着の上からぎゅっと押さえつけていた。リビングから廊下に漏れた光の中へ、父と兄の影が揉み合うように映っている。時々物の割れる音と一緒に、兄の殴られる音も聞こえてきた。

――お願いだから怒らないで。

望は胸の中で祈る。ちっぽけな身を縮め、泣くのをこらえて懇願《こんがん》している。

――小さくなってるから。なるべく迷惑をかけないから。お父さん、怒らないで。お兄ちゃん、怒鳴らないで。

『お前が望を変態にしたんだ！』

不意に父が声を荒げ、望は両手で耳を押さえつけた。

いつの間にか、夢の中の望は十六歳になっていた。見ている映像も、望が家を追い出される直前の、夜の記憶に変わっている。リビングからは相変わらず、父と兄の言い争いが聞こえてくる。望は小さな頃と同じように、十六歳の体を丸め、階段に座り込み、泣きじゃくっていた。

『父さんがまともに家にいないから、望がおかしくなったんですよ』

『わたしは家族のために働いてたんだ！　望が男を好きになったのは誰のせいだ……』

――ごめんなさい、ごめんなさい。

十六歳の望は、小さくなって謝り続けている。

――おれがおかしいんです。男なんか好きになってごめんなさい。もう出て行くから、二度と家に帰ってきたりしないから、怒らないで……。

ハッとして眼が覚めた時、望は一人ぼっちのベッドの中で汗だくになっていた。

真っ暗な闇の中に、自分の心臓の脈打つ音だけがどくん、どくんと響いている。

起き上がって時間を確認すると、午前二時だった。

あたりはぞっとするほど静まり返り、空気の流れる音さえ小さな耳鳴りとなって聞こえてくる。頭の中には、ついさっきまで見ていた夢の残滓《ざんし》が残っていて、不意に息苦しくなり、望は喉を押さえつけた。

――望はおかしい。

二年前に聞いた父と兄の言葉が、ただ思い出したというだけで、まるでナイフのように望の心に突き刺さる。この世界には、自分のことを好きな人は、一人もいない。それはまるで自分だけが世界とつながっていないかのような、深く重い孤独感だった。

湧きあがってきたさみしさを振り切るよう、望は気がつくと携帯電話の電話帳を操作していた。父の電話番号が、ディスプレイに表示される。けれど、かけられはしなかった。

（きっとお父さんの迷惑になる）

拒絶され、傷つくのが怖くて、望は通話ボタンを押すことができない。四方を見渡すと、闇に慣れた眼へ殺風景な部屋が映る。

ごく普通のワンルームアパート。パイプベッドと白い座卓、白いカラーボックスが一つと、その上に乗った十四インチの小さなテレビ、DVDプレーヤーの他はなにもなく、ガランとしている。望にはこの部屋の物さみしさが、人生になんのあてもなく誰といって特別な人もいない、空っぽな自分自身そのもののように思えた。

この場にいたくなくて、電話をパジャマのポケットに落とすと、寝間着のまま部屋を出た。アパートの外に出てから、電話帳メモリを開いて「本山俊一」を探す。

望が今一番声が聞きたい人、そばにいてほしいのは俊一だった。いつも、本当はいつもいつも、そうだったけれど。

真夜中の二時に電話をかけるのが迷惑なのは分かっているから、一度だけコールして出てくれなければ諦めようと思った。胸の中で俊一に謝りながら、通話ボタンを押す。出てくれるはずがないと思っていたのに、信じられないことに、俊一は一度めのコールで電話に出てくれた。

『多田《ただ》か？　どうした？』

電話の向こうから、少しくぐもった俊一の声が聞こえてきた。低くて静かな、無愛想なのに耳に優しく響く声。

聞いたとたん、望はホッとして体から力が抜けていくのを感じた。それは世界と自分が、ちゃんとつながった瞬間だった。一人ぼっちじゃない。この世界にはまだ、自分を知ってくれている人がいる。薄い唇をきゅっと噛み、望はこみあげそうになる涙を堪えた。

（……会いたい）

とっさに出そうになる言葉を、ぐっと呑みこむ。電話の向こうからは、妙に騒がしい物音と、音楽が聞こえてきた。

「俊一、もしかして外にいる？」

『あー。そう、コンビニにいる』

「こんな夜中に？　原稿書いてるの？」

『彼女が夏風邪《なつかぜ》ひいて熱出してんだよ。今から見舞うとこ』

その答えを聞き、望は口の中で、会いたいという言葉が消えていくのを感じた。落胆で体から力がぬけていく。すぐに会いたいと言わなくてよかった、と思った。俊一を困らせないですんだ。そして、会えないと言われて傷つかずにすんだ……。

『お前は？　どうしたんだよ。なんかあったか？』

「ううん。……えーと、あ、俊一、こないだテレビでやってた映画録画したんだよね。DVDに焼いてもらおうかなあと思って」

望はとっさに、嘘をついていた。

『こんな時間にその話題かよ』

俊一は呆れたように笑っている。電話を切ると、貼り付けていた笑みが顔から消えていくのを感じた。そしてどうしてか、もう一歩も歩けないような気持ちになった。

道の向こうでは古い常夜灯が、安っぽい黄緑色の光をぼんやりと道路に落としている。どこかの家では犬が鳴き、道路わきの草陰からも、虫の音が聞こえてきた。家々に明かりはなく、町は深夜の眠りについている。世界にはこんなにたくさんの屋根があるのに、と望は思った。

（……おれが入れる屋根の下は、全然ないんだなあ）

いつか、何十年と経つ頃、望のいられる屋根の下はあるだろうか？　ないような気がする。いつまで経っても、誰かと一緒に過ごす屋根の下は、自分には与えられない気がする。誰かを愛し、誰かに愛されることは、ないような気がする。

それは、途方のない孤独だった。

急に目頭が熱くなり、街灯の光がぼやけて広がった。堪えていた涙が頰を転がる。

この世界に、自分はいてもいいだろうけれど、いなくてもいい。心の中にぽっかりと穴が空き、そこを冷たい風が吹き抜けたかのように、心が冷えていった。さみしかった。先の見えない、深い闇の中に一人放り出されて、立ちすくんでいるようだった。

ふとその時携帯電話が震え出し、望はディスプレイに表示された名前も見ないで、通話ボタンを押した。

『あ、望ちゃん？　なんだよ、出てくれんじゃーん』

電話の向こうから陽気な声が聞こえてきて、望は我に返った。

「五島《ごしま》……？」

ピンポーン、正解で〜す、と五島が言った。こんな気持ちの時でなかったら、望はすぐに通話を切ったかもしれない。けれど今は、五島の電話さえありがたかった。すると五島が急に、『今から行くから』と言った。

『高校ん時から一人で暮らしてたアパートだろ？　俺のバイクでもう着くから』

「え？　ええ？　ちょっと待って」

望は慌てた。正直、一人で部屋に戻るのは嫌だったし、今日はこのまま眠れる自信もない。だからと言って、五島はいけない。俊一に知られたらきっと怒られるし、部屋にあげればまたおもちゃにされるかもしれない。

『なにもしないって。大丈夫大丈夫。俺も大人になったのよ』

本当だろうか。返す言葉にもたついていると、受話器の向こうで五島が深く息をついた。

『俺今さー、すっげぇさみしんだよ。でも誰もいなくてさ。ちょっと話したいだけ。一人ぼっちなんだもん』

さみしい。その言葉は、望の胸の奥にある不安と、ぴったりと寄り添って離れなくなる。だから、望は一瞬拒むことを忘れていた。さみしいのは望もだった。

『じゃ、待っててね』

我に返った時にはもう、通話が切れていた。慌ててかけ直しても、五島は出てくれない。

（ど、どうしよう）

望はうろたえて、アパートの前をうろうろと往復した。このまま部屋に戻って鍵をかけてしまおうか、そうも思ったけれど、心のどこかでたった一人ぼっちになるよりは、五島の言葉を信頼してもいいんじゃないか？　という気もした。

迷っていると、遠くのほうからけたたましいエンジン音が聞こえてきて、それがすごい勢いで近づいてきた。望は、その音にびっくりして腕を振り回した。

「五島！　エンジンとめて！　とめて！　近所迷惑だろ！」

巨大なエンジン音を真夜中の住宅街にやかましく響かせながら、五島が望の眼の前で大きなバイクを停めた。

「なんだよ望ちゃん、外出て待っててくれたなんて、五島カンゲキ～」

五島は望が慌ててもどこ吹く風で、エンジン音に対抗するように声を張り上げる。望は仕方なく、「駐輪場すぐそこだから、エンジンとめて！」と怒鳴った。

五島はアパートの駐輪場へバイクを押し込んだあと、当然のように望の肩を抱いてきた。望は嫌な気持ちで五島の胸を押しのけた。

「おっと、スミマセン。今日はなにもしない約束ね。部屋には入れてくれるでしょ？　じゃないと、またあの大きな音たてて帰らなきゃ」

わざとらしく両手をあげる五島を、望はじっと睨みつけた。

「朝になったらすぐに帰ってよ。あと、なにかしようとしたら、追い出すから」

「傷つくなあ、マジでなんにもしないって」

哀れっぽい声で背を押され、望は結局、五島を部屋にあげていた。真夜中に、再びあんな大きなエンジン音をたてられるのが嫌だというのもあったけれど、望は心のどこかで、少なくとも夜明けまでの時間をたった一人で過ごさなくてよくなったことに、ホッとしてもいた。

「五島、なんか飲む？　麦茶と……あと、オレンジジュースがあるけど……」

けれど部屋の中に招き入れたとたん、五島に腕を引っ張られ、望はあっという間に太い腕へ抱えこまれていた。

「ふざけないでよ、おれ、こういうことをするつもりはないって言っただろ」

離れようとしたら、五島の腕に力がこもった。そこで、望は五島が本気なのだと気がついた。続けざまに両手をとられ、後ろにひねりあげられて、望は叫んだ。

「痛い！　痛いってば、離せよ……っ」

背丈はさほど変わらなくても、がっしりとした体格の五島は力が強い。望は腕の骨がみしみしと音をたてるのを聞き、ぞっとなった。そのまま引きずられ、ベッドに放り出される。そして起き上がるより先に、五島に覆い被さられた。五島はあの見慣れた、嫌なほど見慣れたニヤニヤ笑いを浮かべていた。望はカッとなった。

「なにもしないって、さっき言っただろ！　どけよ！」

「そんなの嘘に決まってんじゃん。望ちゃん、俺がどういうヤツかよく知ってるでしょ？」

一瞬、望は眼の前が暗くなった。平気で嘘をつく五島。いや――自分だって本当は、五島がこういう男だと知っていたはずだった。

「望ちゃんだって最近男としてねんだろ？　俺の誘いに乗っちゃうんだから」

突然に上着をむしられ、望は夢中で五島を蹴り上げたけれど、呆気なく避けられた。脱がされたシャツであっという間に両手首を縛られて抵抗を封じられ、望は震えた。気がつくと、望の両手首はパイプベッドのヘッド部分に拘束されていた。

「こういうの、強姦っていうんだよ！」

怒鳴ったとたん、うるせえな、と荒々しく返された。

「これ以上暴れるなら、本山に電話して望ちゃんの喘《あえ》ぎ声《ごえ》聞かしてもいいんだぜ」

不意に望は言葉を失い、信じられない気持ちで五島を見つめた。こんなことを知られたら、きっと俊一に今よりもっと軽蔑される。それは嫌だ——。

俊一の名前を聞いたとたん抵抗できなくなった望に、五島が勝ち誇ったように嗤った。

「悪いようにはしないって。俺、望ちゃんのことは好きなんだぜ？」

五島は、欲情で獣のように眼を血走らせている。思えば高校時代にも望はこうして五島に犯されたことがある。その時味わわされた無力感が蘇り、望は吐き気さえした。

「いやだ……五島、お願いだから、やめてよ」

震える声で懇願しても、五島はもう聞いておらず、胸の上の小さな飾りをつままれる。すると、望の背に甘いものが走り、乳首は乳輪ごとふくらんで赤くなった。

「望ちゃん、ほんと乳首弱いな、ここだけでイっちゃえるだろ？」

「やだ……あ、あっ」

嫌だと思っているはずなのに、望の体はとても簡単だった。五島の愛撫に前の性器は呆気なく膨れ、淡く脈打つ。

「女でもこんな感じるやついないぜ。だからかな、時々望ちゃんとヤリたくなるの」

五島が興奮した声で、囁《ささや》いてくる。乳首をちろちろと舐められ、望は声を抑えながらも身をよじった。

「ん、う、……あっ」

「相変わらず反応エロいな」

そのうちに下着ごとズボンを下ろされ、性器を握られる。

「あっ、やめ……やめて」

先っぽのくびれに指をかけられ、もみこむようにされると、えもいわれぬ官能が体の芯を駆け抜けていく。やがて脚の間のすぼまりを撫でられて、望はぎくりとした。

「だめ……、五島……っ」

わずかに馴らされたあと、その奥のすぼまりへ、望は五島の熱を感じた。五島が嗤っている。入り口からムリヤリ中へ押し込まれて、望は小さな叫び声をあげた。

「あぁっ……や、やだ、待……っ」

容赦《ようしゃ》なく腰を使われて、後ろが痛む。けれど前立腺を擦られたとたん背筋が跳ね、後孔がぎゅっと締まった。そこから痛みが和らぎ、体が甘く崩れはじめる。そんな望をまた、五島が嗤う。

「あ、ああっ、あ、あっ」

快楽に弱い場所を何度も突かれて、望はもう声を抑えることもできなくなった。理性が吹き飛んで、五島がなにを言っているのかもよく分からない。

——おれ……なにやってるんだろう。

なにも考えられない頭の隅で、望はそう思った。こんな自分が嫌いだ。恥ずかしくて消えてしまいたい。眼を閉じたら、睫毛に溜まっていた涙が頬をこぼれ、耳の後ろへと滑り落ちていった。


翌朝は重い疲れが腰に溜まり、望はすぐには起き上がれなかった。

外は曇っているらしく、窓からこぼれる光は薄暗い。同じベッドに五島が全裸のまま寝こけていたから、望は昨夜のことが夢じゃないのだと思い知らされて、落ち込んだ。

一人ベッドを脱け、シャワーを浴びる。縛られていた手首に痕《あと》が残って、ひりひりと痛んでいた。

（おれって、本当にバカだな……）

汚れた体を洗っていると、不意にみじめな気持ちがこみ上げてきた。朝になれば夜中の不安も遠のく。ちょっと考えればこうなると分かっていたのに、五島を家にあげてしまったのは、自分のさみしさに負けたからだ。

（さみしさなんか、言い訳にならないよ）

ただ自分が情けなくて、望は唇をきつく噛みしめた。

風呂を出て部屋に戻ったところで、インターホンが鳴った。こんな朝方に誰だろうと思いながら、濡《ぬ》れた髪と素足のまま、望は慌てて玄関のドアを開ける。

「俊一……」

ドアを開けた望は、息を呑んだ。すぐ外に立っていたのは、俊一だった。

「おはよ。朝から風呂か？」

俊一の眼下には、うっすらとクマがにじんでいる。

「ど、どうしたの？　彼女のとこに行ったんじゃなかったの？」

部屋の中に五島がいることを思い出し、気づかれることが怖くて、望は声を上擦らせた。

「さっきまで彼女の家にいたけど、熱がひいたから、お前のとこに来た。お前があんな時間に、DVDのことなんかで電話かけてくるわけないと思って……。なんかあったか？」

ほらこれ、と言って、俊一は来しなに寄ってきたらしいコンビニエンスストアのレジ袋を差しだしてきた。袋を受け取ると、俊一は濡れた望の前髪を長い指で梳《す》いてくれる。望は、胸が詰まるのを感じた。俊一は望のつまらない嘘を見破り、気持ちを察してくれたのか。

（……彼女が熱出してたのに、おれのこと、考えてくれたの？）

それなのに自分は、五島を部屋にあげてしまった……。

気にかけてくれて嬉しい。けれどそれ以上の罪悪感で、押しつぶされそうになった。弱い自分が恥ずかしく、ついさっきまで感じていた自己嫌悪など目ではないほどの後ろめたさが、胸に湧きあがってくる。軽蔑されるのが怖くて、玄関に脱ぎ散らかされた五島のスニーカーを隠すよう一歩前へ出ると、俊一が視線を下げた。そして、眉間に皺を寄せる。

「誰か来てるのか？」

詰問と質問が半々の口調で、俊一が望の隠した五島のスニーカーを睨んだ。

「あ……その……」

口ごもっていると、奥のほうでベッドの軋《きし》む音がした。

「望ちゃ～ん、来客～？」

五島の声に、望は一瞬で血の気がひいた。不意に、俊一が望の薄い体を押しのけ、部屋にあがりこむ。望は急いで追いかけたが、間に合わなかった。部屋ではベッドの上に全裸のまま腰かけていた五島が、突然入ってきた俊一にぽかんと口を開けていた。

「なんで五島がいるんだ」

俊一の言葉に、五島がズボンを穿《は》きながら、肩をすくめる。

「なんでって、望ちゃんとヤったからに決まってんじゃんよ」

「この野郎、また……っ！」

激怒して五島に摑みかかろうとした俊一の腕に、望は夢中でしがみついた。

「俊一っ、俊一、やめて、お願いだから」

「なんだよ、そんなにうらやましいなら、お前も望ちゃんとヤればいいじゃん」

「るせぇよ、帰れ！　二度と来るな！」

「ハイハイ、妬くなよ」

五島は吐き出すように言い、下半身だけ服を着て立ち上がった。

「本山さ、お前も執着《しゅうちゃく》しすぎじゃね？　おかしいだろ、他人のセックスにここまでやきもきすんの。ほんとは俺がうらやましいんだろ？」

その時、望はいきなり五島に抱きすくめられて、さっと胸を触られた。

「望ちゃんの乳首がやーらしいの、俺は知ってるけどお前は知らないもんな～」

その言葉が終わらないうちに、俊一が五島を蹴った。五島は大声をあげて飛び退ると、俊一に罵声を浴びせながら玄関へ走っていった。

五島がいなくなると、俊一がベッドの足を蹴りあげる。安物のパイプベッドは悲鳴をあげ、壁にぶつかってきしむ。物に当たることで、俊一が必死に怒りを堪えているのが分かり、望は息もできなかった。俊一の怒りも怖かったけれど、俊一に、決定的に嫌われることのほうが何倍も恐ろしかった。

「……俊一、おれ」

沈黙に耐えられず震える声を口にしたとたん、襟ぐりを掴まれ、ベッドへ投げられる。背中から落ちた望の上へ、俊一が覆い被さってくる。怒りに煮えたぎった俊一の眼。貫くような視線に、望は恐怖で硬直した。

「……お前……五島を呼んだのか？　抱かれたくて呼んだのかよ！」

胸倉を掴んで揺さぶられ、望はかすれた声で「なにもしないって言われて……」と言い訳した。俊一がそんなわけねえだろ、と呟き、望の手首を見て、「縛られたのか」、とうめいた。

「……バカか。考えたら強姦されるって分かるだろ？　ヤラれてもよかったのかよ」

望の上からどいた俊一が、ベッドの端に腰かけてうなだれた。

「お前さ、俺を何度失望させるんだよ……」

俊一の声はくたびれ、震えている。望は不意に自分が、俊一を傷つけたのだと分かった。

「……ごめん。ごめんっ」

弾かれたように上半身を起こしたけれど、もう取り返しはつかない。後悔が潮のように押し寄せてくる。このまま消えてしまいたいほど、自分が恥ずかしかった。きっと俊一に軽蔑され、嫌われた。それがたまらなく怖い。

うなだれた俊一が、「俺がおかしいのか？」と言った。

「五島の言うとおりだよ……お前が誰と寝たって、俺が怒る筋合いなんかないのにな」

俺のは、執着なのか。俊一が、独り言のように呟く。

「俺たち、離れたほうがいいのかもな」

そして聞き取れないほど小さな声で続けられても、望には最初、俊一の言う意味が分からなかった。

「離れるって、どうして……？　おれがバカだから？」

望の声が、かすれて揺れる。

「もう、こんなことしない。約束するから、だから」

すがるように言いつのる。

――だから、離れるなんて言わないで。

「信用ないかもしれないけど、本当に……もう、電話も五島からのはとらないし、ちゃんとするから、ちゃんと……ちゃんと」

ムチャクチャなことを言っている自覚はあった。本当は、どうすれば「ちゃんと」できるかなんて分かっていなかった。これまでだって、望は普通にしてきたつもりなのに、気がつくといつも俊一を怒らせていた。けれど必死だった。俊一と離れるなんて嫌だ。

（おれを……好きになってくれなくていいから。おれを……彼女の次に置いといて。二番目でいいから）

あと少しだけ、そばにいて。一生そばにはいられない。でもまだ、一人にしないで……。言えない言葉が胸の中に溢れ、心臓がはち切れそうに痛む。

(俊一が好き)

……おれは、俊一だけが好きなんだよ。

けれど振り向いた俊一に、ただ戸惑うような顔で見つめられたら、望はなにも言えなくなった。

「篠原さんが、お前と付き合いたいって。俺に断ってきた。あの人のこと、どう思う?」

「どうって……なんで?」

いつも望がどんな男と付き合っても反対する俊一が、どうしてそんなことを訊くのだろう?

「……篠原さんなら、今までのヤツらよりはいいと思う」

望は耳を疑った。

(それって、おれに……篠原さんと付き合えって言ってるの……?)

「俺がお前にしてやれることは、限られてる。お前はちゃんと、お前だけを好きな人と付き合うべきだし、篠原さんならいいんじゃないか」

黙っている望に、お前といると昔からの癖が抜けないと、俊一が続ける。

「どうしてもお前をかまってしまう。でもお前が誰と寝ても、本当は自由なんだ。さみし

くて流されたって、それがお前の生き方ならそれでいい。なのに俺はつい……。俺たち、少し離れたほうがいい。お互いに近すぎるからだめになる」

(離れるって、どうやって？　少しってどのくらい？)

頭の中は疑問でいっぱいだった。けれど涙も声も出なくて、望は呆然として俊一を見つめ返した。その一方で、とうとうその時が来たのかとも思っていた。

(俊一はもうおれと、一緒にいるのが嫌なんだ……)

俊一は望を篠原に預けたがっている。そうして望を忘れたがっている。望の面倒を見ることに、もううんざりしている。望の存在が、俊一にはただただ重たいのだろう。

どこかで望は、いつかこんな時が来ると思っていた。けれど俊一が立ち上がろうとするのを、望はとっさに手を伸ばして引き留めていた。今離れたら、もう本当におしまいになると思った。もう、会えなくなる。

俊一が振り返り、その優しい黒い眼と眼が合う。

小さな頃から何度も何度も、心痛む時には探し当てようと、さみしい時には見つめていてほしいと望んだ、俊一の二つの瞳。その瞳の中に、今は苦い感情が浮かんで見えた。

俊一がやんわりと望の手を払い、大きな手のひらで髪を撫でて、「頑張れ」と口にした。

頑張れない。俊一がいないと。そう思ったけれど、望は「うん」と言った。俊一の眼に浮かんでいたのが、戸惑いと罪悪感、そして苦しみだったからだ。苦しめているのは、自分だと思ったからだ。手が放れたとたん、胸が引き裂かれそうなほどの痛みに襲われた。

やがて俊一が部屋を出て行き、玄関の扉が音をたてて閉じた。その音が、殺風景な部屋の中に、やけに大きく響いて聞こえた。

床には俊一が持ってきてくれたレジ袋が落ちて、中身がこぼれていた。それは望の好きなおかかに鮭、シーチキンのおにぎりだった。また同じものを買ってきている、不器用な俊一。不意に望は鼻の奥がツンとなり、目頭が熱くなるのを感じた。

（もう会えない）

――会えない。

そのことに、たった今気がついた気がした。望はその場に、へなへなと座り込んでいた。


その日の夜、篠原から望のもとへ電話があった。ゆっくりでいいから、俺と付き合ってみて。そう言われた。

（この人を好きになったほうが、俊一にとっても、いいんだよね？）

考えるのも億劫《おっくう》で、篠原の声が優しくて、誰でもいいから好きになりたくて、望はとうとう、その言葉を受け入れていた。

四

告白を受け入れて最初の土曜日、望《のぞむ》は初めて篠原《しのはら》の家を訪れた。

篠原のマンションは都心の住宅街にあった。一人で暮らすには十分すぎるほど広い２LDK。リビングの他は寝室と仕事部屋で、インテリアは落ち着いた焦げ茶と白でまとめられ、窓際に観葉植物の大きな鉢が置かれている。まるで雑誌にも載っていそうな、洒落た部屋のリビングの壁には、大きく引き伸ばされた写真が数枚貼ってある。

「これ、篠原さんが撮ったの？」

部屋に通された望は、まず最初に眼についた写真を指さした。来る途中寄ってきたスーパーの買い物袋をキッチンのほうに運びながら、篠原がそうだよ、と言う。

「ボツになったものだけど、愛着があって貼ってあるんだ。何枚かは個展にも出したな」

貼ってある写真のうち数枚は、外国の人物写真だった。

子どもに自分のお乳を飲ませている母親、孫を抱っこする老婆。泥んこになって遊んでいる兄弟たち。みんな笑っている、優しくて温かい、家族の写真ばかりだ。

けれどもう半分はまるで雰囲気が違っていて、荒れはてた廃ビルの写真が続いていた。どれも冷たい感じがし、色目が少なく望はなんだか怖くなった。優しい家族の写真を撮ったのと同じ人が撮影したとは、とても思えない。

「仕事部屋って暗室とかあったりするの？」

物珍しくて訊くと、篠原は仕事場を見せてくれた。八畳ほどの洋間には想像したような暗室はなく、大きなテーブルの上にカメラや見たこともない機材がところ狭しと置かれていた。

「今は外に事務所とスタジオ作ったから、ここでは焼いたりしないんだ。寝室も見てみる？あとでたっぷり見られるけど」

からかうように耳元で囁かれ、望はうろたえた。もう篠原と付き合っているのだし、今日は泊まっていく約束だ。きっと抱かれるだろう。子どもじゃないのだから、そのくらい分かって泊まりに来た。それなのにまごついて、望はごまかすようにキッチンへ行った。

「おれ、ご飯作るね」

泊めてもらうお礼でもないけれど、篠原が料理は全然できないと言うので、今日は作ってあげることにしていた。

望はスーパーで買ってきたものをキッチンに広げた。九月になって、戻り鰹が店頭に並んだので、たたきと竜田揚げにするつもりだった。まだ家を追い出される前、ずっと来てくれていたお手伝いさんが亡くなってからは望が家族の夕飯を作っていたけれど、父も鰹のたたきが好きで、作るといつも残さず食べてくれた。望はふと、そんなことを思い出す。またいつか、父や兄に食事を作ってあげられたらいいと思う。……俊一《しゅんいち》にも。

けれど俊一を思うと気が沈み、望は急いで考えるのをやめた。

「篠原さん、炊飯器どれ？　これ？　鍋はこっち？」

篠原は炊飯器も鍋もほとんど使っていないらしく、どれも新品のようにぴかぴかだった。

「ほんとに料理しないんだ。これ使ったことないでしょ」

「望くんのために取っておいたんだよ。あー、可愛いな。エプロン似合ってる」

篠原は横でにこにこして、望が薄い腰に巻いたエプロンのリボンをつついてくる。その笑顔が本当に嬉しそうなので、望はどう反応していいか困ってしまった。

「篠原さんも、おれの作るの見て覚えてください。簡単だから」

困ったあげく、つい、望はごまかした。こんなにあけすけに愛情表現をされても、望はまだ篠原を好きになれるか分からず、後ろめたさを感じてしまう。

(好きになりたいって、思ってはいるけど)

胸の奥が鈍く痛む。けれど離れよう、と言ってきた俊一を思い出すと、好きになりたいというより、好きにならなきゃいけない、と望は感じた。

(もう一人で、ちゃんと生きていかないといけないんだから)

「あのね、俺もインスタントラーメンくらいは作れるよ、望くん」

「それ、料理じゃないよ」

「ラーメンは立派な料理だよ」

子どもみたいに言い張る篠原がおかしくて、望はつい笑ってしまった。

「俊一も同じこと言うよ。鍋使って作るんだから料理だろって。料理作らない人のいいわけってみんな一緒だね」

つい俊一の話をすると、篠原が突然笑みを消した。

「本山《もとやま》の話はするなよ」

一瞬空耳かと思うほど、冷たい声だった。篠原の整った顔から笑みが削げ落ち、垂れがちの甘い眼に射貫くような鋭さが見えた。けれど、驚いてそして一瞬怖くなって肩を揺らした望に、篠原はすぐ表情を緩めてきた。

「ごめん、怖い顔して。ただ、今は俺といるんだから……他の男の話はしてほしくない」

望の髪をそっと梳き、篠原が夏の青空のように明るく笑う。

「う、ううん、ごめん。おれも、無神経で……」

一緒にいる時に、他の男の話をされるのが嫌だというタイプはいくらでもいる。まして、篠原は望が俊一を好きだと知っているのだし。そういえば大貫《おおぬき》も、俊一の話をすると不機嫌になった。ふと、別れる時に殴ってきた大貫の怖い顔が篠原の優しい顔に重なったけれど、望は大丈夫大丈夫と自分に言い聞かせた。

（おれが間違わなければ、きっと大丈夫……）

「俺、鰹好きだよ、望くんの料理、楽しみだな」

「よかった。美味しいの作るね」

望は一生懸命微笑んだ。本当は父も兄も、それから俊一も好きなのだけれど、それは言わないでおいた。

（今は篠原さんのことだけ考えよう。おれを好きになってくれたこの人を、傷つけたくない……）

本当にそれで、いいのだろうか？　どこかでそう感じながら、望は他に、どうしていいか分からないでいた。


その夜望は先に寝室に入り、仕事場で翌日の準備をしている篠原を待った。これから抱かれるのだと思うと緊張し、ベッドの中で何度も寝返りを打ってしまう。そのたび、慣れていないシャンプーの香りが闇の中にうっすらと漂った。

「でもおれのこと抱いたら、篠原さんも変わっちゃうかな……」

望は小声で独りごちた。たとえば大貫がそうだったように、篠原も、望をそのうち好きではなくなるかもしれない。

望は時折、好きだという気持ちはとてつもなく脆《もろ》いと、思う。今日好きでも、明日好きではなくなるかもしれない。明日好きでも、明後日は好きではなくなるかも……。

もしもずっと揺るがない『好き』があるのだとしたら、それはただの好きではなく、きっと愛に近い。

（おれには愛なんて、よく分かんないけど……）

そんなことを考えているうちに寝室の扉が開き、体に心地いい重みがのしかかってきた。眼を向けると、闇の中にぼんやりと篠原の顔が浮かび上がって見えた。

「寝ちゃったかと思った」

昼間聞くよりもずっと艶っぽい篠原の声に、望はさらに緊張した。

「仕事の準備、終わったの？」

囁き返したら、篠原は頷いてシーツの中に滑り込んでくる。篠原の筋肉質な足が、望の痩せた素足にあたって温かい。

「すべすべしてる」

ふくらはぎを脛でさすられて、望はドキリとした。強い腕に引き寄せられ、厚い胸板に頬を押しつけるとシャツごしに篠原の体温が感じられ、人肌に触れれば、望はやっぱり少し安心した。

それなのにどうしてか心のどこかで、悪いことをしているような気持ちだった

そんな罪悪感など知らない篠原に、額へ、そっとキスを落とされる。頬、首筋、やがて唇にも。舌先で歯列をつつかれて頬の筋肉を緩めると、生温かい舌が滑りこんできて、深く口付けられた。けれど篠原は、それ以上のことはしなかった。

「おやすみ」

「……え」

耳元で言われて、望は慌てた。

抱きしめられると体が密着し、篠原の中心で主張するものの硬さが、太ももに当たった。ちっとも、終わりにしていい状態じゃない。それとも、からかわれているのだろうか？

「篠原さん……あ、あの、あの、しないの？」

上擦った声で問うと、篠原が喉の奥で小さく笑った。

「だって、望くんその気じゃないだろ？」

篠原は軽く、膝頭で望の股間を小突いてきた。男というのは、こういう時にはすごく不便だ。どういう気持ちなのかなんて、ちょっと触られたらすぐに分かってしまう。望のものは柔らかく、まだなにも反応していなかった。

「おれ、いやなんじゃないよ……」

「うん、分かってる」

本当に分かってくれているのだろうか？

まだ篠原を好きになれていない自分を見透かされているようで、望は苦しくなった。優しくされるだけ、よけいにその後ろめたさは強くなる。

「おれ、口でしようか……？」

太ももにあたる篠原の感触が辛くて言うと、急に強く抱き寄せられた。

「いいよ、こうしてるだけで、幸せだから」

その声が本当に幸せそうで、望は罪悪感に胸が詰まるような気がした。

――誰かに、誰でもいいから優しくされたい。

そう思っているくせに、こんなふうに優しくされたら、ただ申し訳なくなる。返せるものがない自分を、責めてしまう。早くこの人を好きになりたいと、望は再び思った。

――愛はね、望。

その時、篠原の腕に包まれながら、望の耳の奥へ小さな頃に死んでしまった母の声が返ってきたのは、どうしてだろう。

あれは望がいくつの時だったか。まだ記憶もあやふやなくらい、幼い頃のことだ。実家の縁側で、小さな望は母の膝に抱かれ、夕焼けを見ながら他愛のない話をしていた。

母は、微笑んでいたはずだ。あまりに小さな頃に死に別れてしまったから、その笑顔も記憶の彼方でぼんやりとして、望にはよく思い出せない。

あの時、母は望の耳に、なにか内緒話をするようにそっと囁いてきた。

——望。あのね、愛はね……。

その静かな優しい囁きに、小さな望はこの話がとても大事な秘密なのだと、気がついていた。

けれどあの言葉の先を、今の望はちっとも思い出せないでいる。


「もし本当に今年どうしても大学に行く気なら、志望校のランクを下げなさい」

予備校での授業が午前中で終わったその日、望は受験アドバイザーの竹田《たけだ》に呼び出され、事務室脇の指導室で先日受けた模試の結果を見せられていた。模試は大学の合格ラインの目安になっていて、望の合格率はどの志望校に対してもCランク。はっきり言って、今のままではどこを受けても落ちてしまう状況らしい。

「ちゃんと勉強はしてるんだろう？　前より悪くなってるぞ。なにかあったのか？」

竹田に心配され、望は申し訳ない気持ちでいっぱいになった。

勉強はしていた。ただでさえ日中、望には勉強しかやることがないのだ。けれど志望大学の合格ラインには達さず、最近は集中していないのかむしろ成績が落ちていた。

「おれ、要領悪いから」

いや、そうじゃなくて、と竹田が渋い顔をした。

「元々の志望が、お前には高すぎるよ。それでも、中堅どころなら合格圏内なんだぞ」

望は言葉に詰まってしまった。望の志望する大学は、どれも最初に予備校の手続きをした父親が、勝手に設定したものだ。けれど望には通いたい大学があるわけでもなく、そこに合格すれば父に喜んでもらえるかと、変更していなかった。

（合格したら、もう一度、家に帰れるかもしれないし……）

そんな期待も、わずかにある。望は父に、どうにかして認めてもらいたいという気持ちを捨てきれないでいる。

「――多田《ただ》、お前な、無理に大学行く必要ないんだぞ？」

竹田が模試の成績表を横におしやり、身を乗り出すような格好で言う。

「行きたいと思ってないのに勉強するのは苦痛だろう？」

望は心中を言い当てられて眼を瞠った。

「他にやりたいことはないのか？」

「……何度か考えたことあるけど、今はなにも」

俊一の「作家になりたい」というようなはっきりした夢は、望にはない。なにがしたいのかも分からない。

（なんかおれ、宙に浮いてるみたい……）

地に足がついていない。望にはいつも自分の存在がふわふわと、覚束なく感じられていた。それはきっと、どうやって生きていけばいいのか、自分で自分が分からないせいだ。

竹田が「まあみんな、目標を見つけるために大学に行くんだけどさ」と肩をすくめる。

「でもお前の場合な、なんか、なにやってても辛そうに見えてさ。無理して勉強して、っていうよりも、もっと他に幸せな道があるんじゃないかって思えるんだよ」

「竹田さん……」

望は胸が切なくなった。こんなふうに親身になってくれる竹田の気持ちが嬉しい。そして同時に応えられない自分が、情けない。

「例えばお前、なにか得意なことないのか？」

「得意かあ……。料理くらいかな？　でもそれも、人並に、だけど」

「お前が好きになれることなら、なんだっていいよ。そういうこと、仕事にしたっていいんだぞ。お前のお父さんはなんて言ってるんだ？」

父とはもうずっと話していないから、望は答えに窮した。そもそも父は望の進路に関心があるのだろうか？　この予備校に決められた時も、電話で「明日から行きなさい」と言われただけだ。父は、ただ親の義務として最低限のことをしてくれただけかもしれない。

「どっちにしろ、一度親御さんと話せないか？　お前がしにくいなら、俺から電話してみてもいいよ」

竹田は学校の先生じゃないのだから、さすがにそこまでしてもらうのはおかしい。望は慌てて、自分で相談してみます、と言った。とはいえ、本当はどうやって父と連絡をとったものか悩んでしまい、落ち込んだ気分で予備校をあとにした。

駅に向かう道々、電話をかけようともしたけれど、結局怖くてできなかった。迷った末、顔を見て話したほうがいいと思い、望は直接実家の病院に行くことにした。

望の家が経営している総合病院は、在来線で予備校から十数分の東京都下にある。それなりに賑わった駅前をぬけ、住宅街の中に建つ院へ入ると、今日も待合室はいっぱいだった。しかしここまで来たというのに、望は受付の前で立ちすくんでしまった。

医局の人に言えば、すぐに父を呼んでくれるだろう。忙しくて席をはずせなかったら待っていろと言われるだろうし、時間が空いたらきっと会ってくれる。けれど……。

(帰れって言われたら、どうしよう)

望は急に怖じ気づいた。模試の成績が下がったことや志望を変えたいと言って怒られることが怖いのではない。ただ父に、関心のない顔をされたらどうしようと、そう思った。

「あら、望さんじゃない?」

その時ふと声をかけられて見ると、昔からこの病院に勤めている女医が立っていた。何度か顔を合わせたことがあるので、望も知っている人だ。

「あ、あの、お久しぶりです」

「大きくなったわねえ。お父様に会いに来たの？」

望が家を出ている事情などもちろん知らないだろう女医は、にこにこと話しかけてくれた。そして病院の入り口のほうへ顔を向け、「秀一《しゅういち》さん。弟さんよ」と呼んだ。

望はハッと息を詰めた。エントランスから入ってきた一番上の兄、秀一の姿を見て、知らず緊張で体が硬くなる。望の顔を見た秀一は、怪訝そうに眉を寄せている。

「ちょうどよかったわね、お兄さん今から出勤みたいよ。じゃ、またね」

女医はそう言うと、忙しそうに立ち去っていく。残された望は、横に立った兄を怖々《こわごわ》と見上げた。

長兄の秀一は望と違って身長があり、厳しげな顔だちに眼鏡をかけていた。秀一もこの病院で外科医をしていて、当番が今からなのか、まだ白衣ではなく私服姿だった。麻のジャケットにベージュのパンツという、品のいい格好をしている。

「兄さん、これから仕事なの？」

訊いた望を無視するように、秀一はもうロビーを歩き出していた。

「兄さん、兄さん待って……」

数歩追いかけると、秀一が振り返った。表情だけで、なんの用だと伝えてくる。

「あの、お父さんは？　兄さんでもいいんだけど、ちょっと話したいことがあって」

「これから緊急手術なんだ。父さんもだ。なんの用件だ？」

言外に拒絶を感じ、望は怯んだ。簡潔に、分かりやすく言わなくちゃと思った。秀一は昔から望の話し方を、「要領を得ていない」「はっきりと話せ」「男らしくない」と叱咤してくることが多かった。けれど緊張しすぎて頭に血が上り、望は言葉に詰まってしまう。

（やっぱり、ここまで来たのは迷惑だったんだ）

顔を合わせるのは二年ぶりなのに、秀一の素っ気ない態度にもう気持ちが挫《くじ》けそうになっていた。そう思ってようやく、望は自分が父や兄に会いたいと思っていたように、彼らも自分に会いたいと思ってくれているはずだと――どこかで、期待していたのだと気がついた。

本当は進路のことだけではなく、話したいことはたくさんあった。お父さんは元気かとか、康平《こうへい》兄さんはどうしてるのとか、お正月だけでいいから、帰っちゃだめ？　とか……。

兄が着ている薄手のジャケットからは、うっすらと懐かしい匂いが漂ってくる。それはシンと沈む、紙とインクの匂いだった。

その匂いが恋しくて、望は涙が出そうになった。秀一の部屋を思い出したからだ。勉強家の秀一の部屋。壁一面の本棚に分厚い難しい書籍がずらりと並んでいた。その本から漂う湿気た紙とインクの匂いは、昔から秀一の服にまで染みこんでいた。

小さい頃に母親が死んでしまってから、怖い夢を見て眼を覚ますと、仕事で家にいない父親のかわりに、望は秀一に泣きつくのが癖だった。

秀一はいつも夜中まで起きて勉強していたので、望が泣きつくとうるさそうな顔をしたけれど、追い出したりはしなかった。そして小さな望を自分のベッドに押し込んで、デスクライトの明かりだけを頼りに勉強を続けていた。ベッドから、ライトの光に照らされた秀一の横顔を眺め、秀一の部屋の匂いに包まれていると安心し、望は、夢も見ない眠りにつけた。

――お兄ちゃんがいるから、大丈夫……。

あれは、いくつくらいの時だろう。あの頃、望は自分が秀一を愛するように、秀一も自分を愛してくれていると思っていたけれど、本当は、違っていたのかもしれない。

「兄さん……おれ、今日ね、手術の終わったあとで」

「望、その甘ったるい態度や言葉遣いはやめなさい」

不意に秀一が、怒ったような顔になった。

「そういうふうに、いつも男に媚びているのか？」

望は言葉をなくした。ショックで、頭から血の気がひいていくようだった。

『甘えたら、誰でも優しくしてくれると思っているんだろう』

いつか聞いた秀一の苦い声が、望の記憶に返ってくる。母が死んで間もなくの頃。秀一はたしかまだ、高校生にもなっていなかった。

当時、秀一の部屋には、ドイツ語の本が何冊も積み上げられていた。母がまだ生きていた頃の食卓で、秀一はドイツの高校へ行きたいのだと、誇らしげに話していたはずだ。けれど母の死後、望の世話をするのは秀一の役目になった。休日に遊んでくれたのも、保育園に迎えにきてくれたのも、全部秀一だった。ある時望は家の庭で、秀一がドイツ語の本を燃やしているのを見たことがある。

その頃から、秀一と父は夜中、何度もケンカをするようになった。

いつもなら時間通り迎えに来てくれていた秀一が、時たま他の園児たちがみんな帰ってしまっても、まだ来ないような日があると、保育園で待っていた望は怖くて怖くて仕方がなかった。とうとう家族に捨てられてしまったかもしれない。そう思ったから。

結局秀一はどんなに遅くなっても迎えに来てはくれたけれど、時々、殴られたあとのように頰を腫らしていることがあった。

『待って。待って。お兄ちゃん、手、つないで』

保育園からの帰り道、いつも秀一が一人で先に歩いていってしまうから、幼い望は必死になって追いかけた。置いて行かれるのではないかと怖くなり、望が泣くと、ある日、秀一はそんな望の頰を、平手でぴしゃりとぶった。

『甘えたら、誰でも優しくしてくれると思ってるんだろう。お前さえいなきゃ、俺は……』

ぶたれてぽかんと眼を瞠った望へ、秀一は苦々しげにそう言った。あの時望は、ほんのちらりと思った。

（お兄ちゃんはおれを、嫌いなのかもしれない……）

本当のところは、どうだったのだろう。望をぶったあと、甘えるなと言ったあと、お前さえいなきゃ……と言って言葉を飲み込んだ秀一は、あの頃なにを思っていたのだろう。

秀一が苦労して世話をしてくれていたのだと、望は気づいている。きっと望のために、ドイツへの留学も諦めてくれた。

（なのにおれが、男が好きで、落ちこぼれてるから……）

世話をした甲斐《かい》がなかったと、秀一は思っているのだろうか。

やっぱり会いに来るべきではなかった。

もうなにも言えなくなって、望はぺこりと頭を下げると、秀一に背を向けた。

「おい、望。話があるんじゃないのか」

呼び止められても振り返る勇気がなくて、望はかまわずにその場を逃げ出していた。


兄と別れた望は電車に乗り、気がつくと俊一のアパートのすぐ前に立っていた。

日は西に傾き、昼下がりの眠たい光が川沿いの住宅街を照らしていた。望はしばらく呆然として、俊一のアパートを眺めていた。

病院からここまでどこをどうやって来たのか、望はよく覚えていなかった。

落ち込んだまま無意識に俊一を訪ねてしまった自分へ、望は愕然《がくぜん》とした。もう離れたつもりで、だから篠原とも付き合っているのに、まだ俊一をあてにしている自分がいる。

これでは、秀一に男に媚びていると言われるのも仕方がない。

(帰らなきゃ)

そう思うのに、足が地面に縫い付けられたように重く、動かなかった。

――一目でいいから、俊一に会いたい。

突然胸の奥から想いが突き上げてきて、望は体を震わせた。

(俊一に……会いたい。会いたい)

一度意識すると、会いたい気持ちは急激にふくれあがっていく。

会わなくなってたった二週間なのに、もう何年も会っていないように、俊一が恋しかった。瞼の裏に浮かんでくる、俊一の黒い瞳。涼しげな眉や、肉厚の唇。冷静な横顔や、広い背中。抱きしめられると体ごととけてしまいそうになる――あの、優しい気持ち。あの瞳に見つめられ、あの唇にキスされて、あの声に名前を呼ばれ、あの腕で抱き留めてほしい。それが無理なら贅沢《ぜいたく》は言わない。ただほんの数秒、見つめてほしい。あの大きな手でほんの少しだけ、頭を撫でてほしい。それだけでいい。俊一の世界につながりたい。そうして、心の片隅でいいから、俊一に自分を思い出していてほしい……。

(なんで、おれはこんなに俊一だけ、好きなんだろう……)

好きになってはもらえない人を、どうして離れようと言われてまで、好きなのだろう。それでも嫌われたくないから、部屋を訪ねる勇気はなかった。

けれど踵を返した時、望は反射的に近くの横道へ飛び込んでいた。突然道の向こうから、俊一が彼女と二人並んで歩いてきたからだった。

見つかりませんように、と望は息を詰め、細い体をさらに小さく縮こまらせた。

やがて足音と話し声が近づいてきて、俊一と彼女の寄り添って歩く後ろ姿が見えた。彼女の長い髪が、西日にあたって金色に輝いている。俊一が時々、気安い様子で彼女のほうを見下ろしていた。

振り向くかな、と思った。俊一が振り向いて、自分に気づくかもしれない、と。

けれど、そんなことはなかった。俊一は振り返らず、二人の背中はアパートの通廊の向こうに隠れてしまった。

映画や小説なら、奇跡が起きても、現実はそうはいかない。

俊一が自分に気づかないようにと願っていながら、本当は気づいてほしかったのかなと、望は思った。気づいて、そしてほんの少しでも、彼女を気にかける十分の一でもいいから、自分を気にかけてほしかったのかもしれない。

今日、二人は一緒に夕飯を食べて、なにげない話をし、そして一緒に眠るのだろうか。

あの二人はなんの約束もしなくても、またすぐ会える。会うのに、理由なんていらない——好きあっているのだから。

そう思ったとたん、望は心臓がつぶれそうな気がした。辛かった。苦しかった。

俊一を、ちゃんと諦めなければいけない。今さらのようにそう思い、夕暮れの道をとぼとぼと歩いて、望は今度は、篠原のマンションに向かった。

「望、来てくれたのか？」

訪ねると、ドアを開けた篠原が望の顔を見て、嬉しそうに言ってくれた。その瞬間、望は本当は一番最初に篠原の元へ来るべきだったのだと気がついた。今望の恋人は篠原で、俊一はもう、会ってはいけない人なのだから。

望はとっさに篠原の首に腕を回し、しがみついた。頭の中には、俊一と彼女の後ろ姿がまだ、こびりついていた。

「……どうした？　なにかあったのか？」

訊いてくる篠原の胸に額を押しつけ、望は小さく頭を振った。

「キスして、篠原さん」

そう言った時、望は胸が震えるのを感じた。それは——恐れだったかもしれない。

（本当に、これでいいんだよね……？）

これでいい。これが正しい。

そう思うのに、頭の奥ではうるさいくらいそれじゃダメだと叫ぶ声がした。自分はただ誰かに必要だと言ってほしい。誰かの腕につなぎとめられたい。そして嘘でも、一時でもいいから、さみしさをごまかしたいだけだ。そのために、嘘をついている。篠原を利用している。

——それじゃだめ。それじゃ、なんにも変われない。それじゃ、ただされみしいだけ。

(じゃあどうしたらいいんだよ？　どうしたら他の人を好きになれるの？　抱かれたら好きになれるかもしれない。俊一だって、俊一だって篠原さんと、付き合えって言ったんだから……)

少し驚いたように一呼吸置いたあと、篠原が望にキスをしてくれた。

そのキスは軽く触れたと思ったら、次にはもう貪るような激しい口づけに変わる。歯を舌でこじあけられ、唾液が口の端からこぼれるほど深くキスされた。望は篠原の首に腕を投げ、強く抱きついて篠原のすべてを受け入れようとした。篠原を、好きになりたかった。

ベッドへ横たえられ、手早く服を脱がされる。

(俊一だって彼女と、いまごろ、いまごろ……同じように)

されるがままになりながら、それればかりが頭に浮かび、そのたび、望は体ごと引き裂かれるような痛みを感じた。苦しかった。死んでしまいそうだった。

なにも考えたくなくて、自分から下着を下ろし、足を広げる。

「望くん、望……」

かき抱かれ、大きな手で全身に愛撫を受ける。

寝室には電気がついておらず、開け放した扉からリビングの光が一条、射しこんでくる。薄く開いた視界の中、篠原の顔が薄ら闇に浮かんで見えた。

（……抱かれたら、きっと好きになれる）

これまでずっとそうだったみたいに、甘い錯覚の海に溺《おぼ》れていられる。この人だけだと、愛しているのはこの人だけだと、何度も自分に言い聞かせて、本当に欲しいものをごまかせる。本当に愛してほしい人には、愛されていないのだということを、忘れていられる。

そうしたら、もうさみしさを、俊一を、思い出さないですむ。

望は急に泣けてきた。自分がとても卑怯《ひきょう》に思えた。篠原に、謝りたくなった。

（おれなんか、消えちゃえばいいんだ……）

望の性器から溢れた先走りの滴が、尻のすぼまりを濡らす。望は濡れているそこをさらすように股を開き、篠原を誘った。やがて屹立《きつりつ》して太さを増した篠原の杭が、ぬるりと望の中へ入ってきた。

「ん、あぁ……っ」

硬い性器が望の中をかき回すように動き、ぐちゅぐちゅと淫猥《いんわい》な音が響く。深く穿たれながら、薄闇に慣れた眼に、暗い天井が映った。

『じゃあいつも喜んで尻突き出してたのかよ』

前に、俊一から言われた言葉が蘇ってくる。

(……そうなのかも。おれは好きじゃなくても、抱かれるんだから)

心の中で、望は自分を見下して嗤っていた。涙がひっきりなしにこぼれ落ちる。眼を閉じると、篠原と自分の息の乱れる音だけが聞こえてきた。

天井のほうから、尻を揺らして篠原にすがりつく自分を、俊一が汚いものを見るように見下ろしている。そんな気がした。


夜が更けると、開け放した寝室の窓から聞こえてくる虫の声は、大きく深くなった。涼やかな鈴の音色、あるいは錆びた金具が擦れるような音、喉を鳴らすようなコロコロした虫の音が、それぞれ混ざり合って風と一緒に流れこんでくる。

「こんな街中でも虫の声が聞けると思うと安心するだろ?」

ベッドの上に裸で折り重なったまま、すぐ裏に大きな神社があるからだよ、と篠原が教えてくれる。望は「へえ……」と小さな声で相づちを打った。

「広い雑木林があるから、そこで鳴いてるんだ。今度、早起きして参詣してみようか」

抱かれたあとのだるい体に、篠原が何度もキスを落としてくる。その声はいつもよりずっと優しく、耳まで溶かしそうに甘く聞こえた。

「今日は、様子が変だったね。どこかに行ったあとだった？」

望は眠気に襲われ、うとうととしながら、「俊一の……」と言った。

「俊一のところに行ったら、彼女が来てて……」

「本山のところに？」

「……もう会わないって言われてたのに、忘れてて、行っちゃって」

篠原が片方の肘をたてて上半身を浮かし、望を見据えた。

「俺は、本山の代わりなんだな。君にとって」

投げつけるような言葉に、望はひやりとしたものを感じた。しまった。言ってはいけないことを口にした。一気に眼が覚め、飛び起きた頬に、びしりと熱い刺激が走る。

篠原に、ひっぱたかれたのだ。

「あんまり人をなめるなよ」

吐き出すように言われ、背を向けて横になられて、望は怖くなった。

「篠原さん……」

やっと出した声がかすれた。殴られた。そのショックで、頭の中はまっ白になっていた。

篠原を怒らせてしまった。

（俊一のことは、話すなって言われてたのに……）

大貫との別れが、頭をよぎる。自分はまた、相手を傷つけてしまっただろうか？

罪悪感と恐怖で、胃の奥が痛んだ。

「ごめんなさい……」

小さな声で言っても、篠原はもう、身じろぎ一つしてくれなかった。

翌朝望が眼覚めると、篠原は既にいなかった。
静まり返った居間のテーブルに、飲みかけの冷えたコーヒーが放置されており、その横に走り書きのような字で、「望へ」と書かれたメモが置いてあった。
『望へ
昨夜はごめん。大人気なくつらくあたった。今日の夜、十時前には帰る予定だから、そのままいてほしい。一緒においてある鍵だけど、持っててくれ。部屋には、いつでも自由に出入りしてくれて構わないよ』
メモの上に載った鍵に、ベランダの窓から射しこむ朝の光があたっている。持ち上げてみると、鍵はとても冷たく感じた。
篠原はどんな気持ちでこの手紙を書いたのだろう。望は後ろめたさに、胸が詰まる気がした。

今までに付き合ってきたどの男より、篠原は優しいはずだ。それなのに、望はもらった合鍵のことも、後悔といたわりに満ちたこの置手紙のことも、素直に喜べなかった。

その日は予備校に行く気になれず、望は自宅の最寄駅まで戻ると、大回りに川沿いの道を歩いて帰った。この道をずっと上流へ行くと、俊一のアパートに着く。望は橋の上で立ち止まり、つい上流のほうを見つめてしまう。すると昨日、自分に気づかず彼女と二人歩いて行った俊一の背中ばかり思い出し、望はさみしさに襲われた。自分のアパートに帰り着いてズボンのポケットから鍵を出すと、間違って篠原の家の鍵が出てきた。

「あ、これじゃないや……」

『俺は、本山の代わりなんだな。君にとって』

不意に、昨夜聞いた篠原の声が耳に返る。望はもらった鍵を見つめた。

「おんなじだな。大貫の時と……」

ちゃんと好きになりたいのに、自分は相手を失望させている。また、ため息が出る。

「帰ってきて早々、ため息ついて。幸せが逃げるぞ」

すると後ろから声をかけられて、望は驚いて顔をあげた。

「……に、兄さん？」

「久しぶり。お前、相変わらず華奢《きゃしゃ》だなぁ」

望はぽかんと口を開いた。いつの間に立っていたのか、後ろの男がおかしげに首をすくめる。それは望の二番目の兄、康平だった。

「よかったよ、行き違いにならなくて」

望は康平を部屋にあげてお茶を出すと、ロウテーブルを挟んで向かい合った。数年ぶりに会う次兄の康平は、優しげな顔で微笑《わら》っていた。

康平は長兄の秀一と二歳違い、望とは八つ違いだ。高校からドイツに留学し、そのまま向こうの病院に勤めているので、日本にはまず帰ってこない。まして、二人きりでゆっくり時間をとって話すことなんて、望にとっては今日が初めてのことだった。

「康平兄さん、帰国してたんだね」

「うん、昨日な。ちょっとまとまった休みがとれたから」

康平は、秀一とはあまり似ていないと、望は思う。秀一は父親似で男っぽく厳しい雰囲気がある。けれど康平は望と同じ母親似なのか、やや中性的な、柔らかい顔だちをしている。背も望とそう変わらず、身幅も細い。

「お前、家追い出されたんだって？　秀一も親父も一言もそのこと俺に話さないでさ、俺、今回帰ってきて初めて知ったんだぞ」

康平はちっとも怒ったふうじゃなく、むしろからかうような口調でそう言ってきた。

「秀一、問い詰めたらやっとお前のこと話してくれたよ。お前、男が好きなんだってな」

やっぱり聞いたのか。その覚悟はしていたけれど、望は気まずくなってうつむいた。康平にも軽蔑されただろうか。

「秀一も親父も頭がかたいからな、可愛い望を男なんぞに渡すのが癪《しゃく》で、腹いせに追い出したんだ。二人はお前が根性なしで、いずれ家に戻らせてって泣きつくと思ってるんだよ。お前、泣きつくんじゃないぞ、そのうちどっちかが帰ってこいと言い出すから」

その言い分があまりに意外で、望は思わず顔を跳ね上げ、康平の穏やかな、黒眼がちの瞳を見つめた。

（おれのこと、兄さんは軽蔑しないの？）

康平は当惑している望を見て、おかしそうに笑っている。

「鳩が豆鉄砲食らったみたいな顔して。なんだよ？」

「違うよ、康平兄さん。おれ、お父さんたちから愛想つかされたんだ。男と、その、キスしてたの見られたから……」

多分そこまでは聞いていなかったのだろう。隠すこともできずにぎこちなく言うと、康平がお前は正直だなあと感心した。

「言わなきゃ分かんないのに。昔から不器用だよな。いつでもバカ正直だと傷つくぞ。そこが望のいいとこだけどさ……」

「……康平兄さんは、おれのこと、気持ち悪くないの？」

いつまで経ってもおかしいとか治せとかと言わない康平に、望はおそるおそる訊いた。

「お前は、バカだな」

すると康平はすぐに、それまで穏やかだった顔をしかめた。その瞳に、不意に真剣な光が宿った。

「……お前はバカだけど、いい子だよ。なのに、自分が嫌いなのか？　自分で自分を、気持ち悪いなんて言うな」

望は康平の言葉にハッとさせられて、思わず息を呑んだ。

「同性を好きなんて海外じゃそう珍しくもないさ。結婚もできたりするし。俺の同僚にもいるし、俺だって男に言い寄られたことくらいあるよ。俺、美人だから」

黙り込んだ望を安心させるように微笑むと、康平がこれでもモテるんだと、自慢する。

「……親父と秀一も、そのうち分かってくれるよ。本当は分かってるかもしれない。自分のこと気持ち悪いなんて悲しい言い方、もうしてくれるなよ」

康平の言葉にどうしてか安心し、同時に泣きたくなった。本当に、とても久しぶりに望は慰められたような気がした。

「それで、恋人はいるのか？」

訊かれたとたん、ポケットの中に入った篠原の部屋の鍵を意識した。それはどうしてかとても重たくて、心まで沈まされる気がする。

「いるよ……。合鍵もらったんだ。幸せなんだと思うけど……」

「喜べないのか？」

核心を突かれて、望はもう隠せなくなった。

（そうだ。おれ、篠原さんを好きになりたくて抱かれたのに……まだちっとも、好きになれてない）

篠原を嫌いなわけではない。けれど、俊一を想うようには想えていない。もらった鍵はただ重いだけで、嬉しいと思えない。そんな自分を身勝手だと思う。

康平の問いに小さく頷くと、後ろめたさでいっぱいになった。胸がきりきりと痛む。

「……兄さんは、絶対に振り向いてくれない人を好きになったこと、ある？」

訊くと、康平は「そうだなあ」と考え込んでいるようだった。

やがて、康平は脇に置いてあったカバンの中からなにやら紙束を取り出した。白い紙束の一枚目には、真ん中にちょっと大きめの明朝体で『ひとさし指は誰のもの』と書かれている。

「なにこれ……？」

「俊一くんが高校の時書いたヤツ。ほら、文芸誌の新人賞で佳作とったんだろう？　俺の知り合いがそこの出版社にいて、俊一くんと知り合いだって言ったら、当時雑誌に載った刷り出しまだ持ってるからって、コピーをくれたんだ」

俊一の名前が出て、望は黙り込んでしまった。康平には、自分が誰を好きなのかバレているのかもしれない。なにかしゃべらなきゃ、じゃないと変に思われると思うのに、なにを言ったらいいのか分からなかった。

「読んだことあるか？」

コピーを差し出されて、望は首を横に振った。

望は一度も、俊一が書いたものを読んだことがなかった。

読みたいと思えば、多分読めたと思う。けれど俊一が賞を取った時、望は俊一におめでとうとは、すごいねとは言ったけれど、読ませてとは言わなかった。俊一も、読めとは言わなかった。

そして望は俊一の書いたものを、あまり読みたくなかった。自分の知らない俊一が増えていくのが怖かったし、もしも小説の中に、望を疎む俊一の本心が書かれていたらどうしようと、そう思った。

「これ読んでて、なんとなくだけど思ったよ。俊一くんにとって、お前って瞼の傷なのかもなってさ」

「すねのきず……？」

言葉の意味に戸惑って繰り返すと、康平は小さく苦笑した。

「俺な、ドイツに行って、周りは外国人ばっかりで、最初のうちものすごくさみしくてさ。なんか誰でもいいやって、さみしさを埋めるために好きでもない相手とセックスしてたことがあった」

若いうちだからなぁと康平が笑う。望は、この明るい兄にもそんな時期があったのかと知って、驚いた。

「でも、なんか満たされないんだよ。それどころか、そういう関係を重ねるたびに飢えていく。そんな時に、九十何歳だかになるばあさんで、何十年も終末期医療に携わってた人に会う機会があった。それで訊いたんだ、若い時に身につけるべきものはなにかって」

なんだと思う？　と言って、康平は望をいたわるように眼を細めてきた。

「孤独を受け入れる強さだと言うんだよ。あの時は、ちょっと感動したな……」

最後は一人言のように呟くと、康平は続けた。

「その時初めて、あぁ、俺はさみしかったんだと思った。体の奥にずっと満たされない穴みたいなものがあって、それは、埋めようとしても埋まらないんだなあって」

体の奥の満たされない穴。

望にはそれがどんなものか、説明を聞かなくても、はっきりと分かる気がした。

同じものが、望の中にもあるからだ。それはさみしさの穴、孤独の穴だ。望の中にも、ぽっかりと空いたところがある。どんなに楽しいことがあっても、そこから常に冷たい風が吹いてくるようにいつも寒くて、いつでも、幸せなのだと思いきれない。

その空洞は愛を欲しがるけれど、まるでブラックホールのように、与えられても呑みこむだけで、蓄積されない。穴は満たされず、いつも飢えている。もっともっと、もっと愛情をくれと欲しがる――。

だからいつでもさみしいのだろうか？　どんな時にも心の中に、ぽっかりと空いた古い傷口のような孤独を、望は感じ続けている。

「さみしさを上手に愛せるようになったら、一人前の大人なのかもなあ……」

康平が一人言のように言い、俊一の原稿コピーを望のほうへ押し出した。

「俺もう読んだから、お前にやるよ。――急に兄貴ぶっておかしいだろ？」

十二年もほったらかしといて、今さらな、と冗談のように笑われる。望は紙束を受け取ることをためらった。けれど結局、カバンにしまいこんだ。

「ちゃんと、責めなきゃだめだぞ、望」

その時康平がなにか思い出したように、とても強い口調でつけ加えてきた。お前は小さい頃からいつも誰も責めないけど、と続けられて、望は顔をあげた。康平は小さい頃の、なんのことを言っているのだろう、と思った。

「ちゃんと、自分を大事にして。お前が許してくれるからって、許してくれるからこそ、しちゃいけないことはたくさんあるんだ。そういう相手を、ちゃんと責めなきゃだめだ」

真剣な顔で見つめられ、望は眼を逸らせずに、康平をじっと見つめ返した。

「ちゃんと自分を好きになれたら、お前は強くなれるよ」


康平が帰ってから、夕方、望は約束通り篠原のマンションに戻った。夕飯の下準備をしながら、望はこれからのことを考えていた。

進路のこと、篠原とどう付き合っていくかということ、それから自分の性格、さみしさ、弱さについて。そして康平が言った言葉――自分を好きになれたら強くなれる、という言葉の意味についても考えた。

（でもどうしたら、自分を好きになれるんだろ……）

俊一を諦め、篠原を好きになれたら？　望には分からなかった。

夕飯の支度があらかた終わる頃、日は西の際に沈もうとしていた。リビングで勉強をするためにカバンを開けると、中から俊一の書いた原稿のコピーが出てきた。

望は意を決して、数枚めくってみた。最初のシーンは、まだ小学生くらいの男の子たちが公園に集まり、鬼決めをするために「この指とまれ」とかけ声をあげるところから始まっている。

そういえば小さい頃は、近所の公園で俊一や同じ保育園の子たちと、そうやって遊んだものだ。鬼決めをすると、みそっかすの望はいつも最初の鬼になった。けれど鬼ごっこでもかくれんぼでも、気がつくと俊一がわざとゆっくり走ったり、わざと見つかるようにしてくれていたから、望の次の鬼は決まって俊一で、他の子たちは、俊一がすぐに望を甘やかすと言って怒っていた。

どうして――俊一はいつもそうやって、自分を助けてくれたのだろう。幼なじみだから。望が鈍くさくて危なっかしかったから。理由はたくさんあっただろうけれど……。

（ほんの少しくらい、おれを好きでいてくれたことは、あったのかな？）

期待しても仕方のないことだけれど、ふと望はそう思った。

高校の時に望が男を好きだと告白してから、恋に破れたり誰かに遊ばれるたび、望は俊一に叱ってもらい、慰めてもらい、せがんでキスをしてもらった。どうして、俊一はキスをしてくれたのだろう。俊一にしてみたら、犬や猫にするのと変わらなかったから？　本当に、ただそれだけだったのだろうか。

（おれはもっと自分のことを、分からなきゃいけないのかも……）

そんなことを考えながら、望は俊一の原稿をリビングのロウテーブルに置いて、毛足の長いカーペットにごろりと横になった。そこからは、ベランダの向こうの街の景色がよく見える。ゆっくりと日暮れてゆく街を、望はぼんやりと眺め続けていた。

午後十時を過ぎた頃帰宅してきた篠原は、望を見ると「待っててくれたんだ」と笑った。嬉しそうな篠原を見ると、同じくらいの強さで篠原を想えていないことが申し訳なくて、望は胸の奥がぎゅっと痛むのを感じた。こんな自分を好きになってくれる人なんて、なかなかいない。きっと、篠原を好きになれるよう頑張ったほうが幸せなのだ。望は不意に、そう思えた。

篠原が荷物を置きに仕事部屋に行っている間に、キッチンで夕飯を温め直す。

「篠原さん、夕飯まだだよね？　今あっためるけど食べれるー？」

望が仕事部屋のほうに呼びかけると、「あー、もらう」と大声が返ってくる。

「望の手料理が食べられるなんて幸せだな」

篠原の声が、今度はリビングのほうから聞こえてきた。それからすぐに、テレビがつく。

「今日のメニューは？　多田望くん」

笑みを含んだその声を聞いていたら、昼間の不安が和らいでいく気がした。

こんなふうに普通に会話して、一緒にご飯を食べて――。

篠原は望がいるだけで喜んでくれる。難しいことなんて考えないで、ゆっくり互いの時間を増やしていけば、そのうちちゃんと好きになれるはず。そう思い直すと、望もなんだか気持ちが明るくなってきた。

「今日はね、肉じゃがと切干大根の胡麻和えと、酢の物。篠原さん好き？」

リビングに向かって訊いたけれど、返事が返ってこない。聞こえなかっただろうか。

「もしかしてどれかキライだった？」

望は気になって、リビングのほうへ顔を出した。

「篠原さん？　どれかキライだったの？」

篠原は、テレビを見るでもなく座り込んでいた。手元に広げたものを、じっと見つめている。その横顔があんまり思いつめているようで、望は思わずそばまで近寄った。

篠原が見ていたのは、俊一の原稿だった。

「あ、あの、それ、兄さんがね――」

自分でもどうしてか分からないけれど、その時望はとても慌てた。急いで原稿を取ろうとして、逆にその手を摑み返された時、本能的に危険を感じて体から血の気がひいた。すごい力で握られ、摑まれた手首がみしみしと痛む。

「本山と会ったのか？」

違うと言おうとした。でもそんな暇はなかった。いきなり頰を張り飛ばされ、望はもんどりうって床に倒れた。ぶたれたショックで気が動転し、すぐには起き上がれなかった。

（なに？　なんで殴られたの？）

混乱している望に、篠原が馬乗りになってくる。

「隠れて本山に会ったんだな！　俺が十時まで帰らないと知っていて！」

なにを言われているのか、意味が分からない。反対側の頬にも痛みが走り、そのあとも、続けざまに頬をはたかれた。頭を固い床に打ちつけ、視界がクラクラする。殴られた時に唇を切ったのか、舌の上に血の味が広がる。そして次の瞬間、Tシャツに手をかけられ、ものすごい勢いで破かれていた。あまりのことに、望は思考が追いつかない。

「……し、篠原さん。な、なに？　……あっ」

起き上がろうとしたけれど、また頬を叩かれて体から力が抜けた。眼の前で星が飛び、望はぐったりと床に伸びる。

「お前は、男と見れば誰とでも寝られるんだな！　俺とも、本山とも！」

視界がかすみ、篠原の顔がよく見えない。分からない。眉をつりあげて眼を血走らせて望を見ているこの人は、誰だろう。

（……こんな人、おれは知らない）

そこには穏やかで優しい篠原の、影も形もなかった。両手を拘束され、ズボンを脱がされ、肩口に噛みつかれて望は叫び声をあげた。

篠原が自分のズボンのチャックを下ろし、硬くそそりたったものを取り出す。ただ望を殴っただけなのに、先端から汁をこぼすほどにいきりたった篠原のものを見て、望は心臓がつぶれそうになった。

（ど、どうして……？　おれを殴って、なんで興奮できるの……？）

まるで、篠原に裏切られたような気がした。この人を優しいと思ったのは、ほんの数分前のことなのに、その気持ちが、脆いガラスのように粉々にされていく。なんの準備もしていない後ろに性器をあてがわれ、望は震え上がった。

「やだっ、やだっ、待って！　まだ……」

けれど望の声は無視され、皮膚を裂くようにして、篠原が乾いた望の後孔に性器をねじ込む。

「あっ！」

焼けつくような痛みが走る。経験から、後孔の肉がいくらか裂けたと分かる。

間髪入れず腰を振られ、突き上げられるたびに、望は声にならない悲鳴をあげた。

痛みのせいなのか情けなさのせいなのかよく分からないけれど、あとからあとから涙がこぼれた。曇った視界の中で、白い天井がゆらゆらと揺れて見える。

（……おれとこの人って、付き合ってたんじゃなかったっけ？　なのに、どうしてこんなセックス、しなきゃいけないんだろ……。おれのせい？）

こういうことは、憎いからできるのだろうか？

だとしたら、なにを憎まれているのだろう。

やがて望は、悲鳴をあげながら気を失った。

いつしか気がつくと、耳元すぐ近くから、すすり泣く篠原の声が聞こえてきた。

篠原は望を抱きしめ、震えている。ごめんな、ごめんなと囁きながら震えている。

「どうしてこんなこと……愛してるんだ、本当だよ……」

既に夜は更け、晩夏の風が音もなく窓辺から忍び込んでいた。秋の気配を含んで、その風は底冷えしていた。部屋の中に漂う精液と血の匂いが鼻につき、体の節々が痛んだ。特に後孔は、そこだけ腫れたようにひりついている。望は篠原さんに強姦されたのか、と思った。胸の中に、ひたひたと失望が押し寄せてくる。

それでも泣いている篠原の肩をそっと撫でると、篠原は怯えたように望にしがみついてきた。篠原の肩は、汗がひいたせいなのかひんやりと冷えていた。

(……寒そう)

その冷たさが、望にはなぜかかわいそうに思えた。

『責めなきゃだめだぞ』

康平がそう言っていたのに、望は怒れなかった。どうしてだろう？　ただやるせなく、悲しかった。目尻に溜まった涙がこぼれて、皮膚を伝い床のほうへと流れていく。それが篠原のための涙か、自分のための涙なのか、望にもよく分からなかった。

五

篠原《しのはら》に乱暴を受けた翌日、望《のぞむ》は頬が腫れて予備校を休んだ。篠原も急ぎはないからと仕事を休み、望は一日中かまい通された。

篠原は蕩けるように優しかった。望は頬を冷やされ、髪を撫でられ、何度も愛しているんだと繰り返されて、片時も離してもらえず食事の支度をするのさえ嫌がられた。

頬が腫れていただけではなく、昨夜の乱暴な行為で後孔も切れて痛いから、望はその日篠原にされるがまま過ごした。なぜかひどく疲れていて、なにを考えるのも億劫だった。

「望、俺と一緒に住まないか」

午後を過ぎた頃、リビングのソファで抱きしめられたままそう訊かれた。望はぼんやりと篠原を見つめ返した。

贅肉のない鋭い顎。目尻にうっすらと刻まれた笑い皺。笑うと、篠原は相変わらず夏の空のように明るく見える。けれど望は、頷けなかった。

「嫌なのか？」

「そうじゃないけど、おれ、今年受験だから勉強もあるし……」

「俺の仕事部屋を空けるよ。どうせ使っていない。あそこで勉強したらいい。ちょっとでいいから、考えておいてくれよ」

切なげに微笑まれると、望は急に後悔が押し寄せてくるのを感じた。

（一緒に住むって、言ったほうがよかったのかな……）

トイレのために篠原が離れると、望はそう思った。

望が篠原の愛情に応えていないから、篠原は昨夜怒ってしまったのだろう。頭の片隅で、一緒に住めば、篠原を好きになれるのかもしれないとも思う。それに一昨日、彼女と並んで歩いていた俊一《しゅんいち》の後ろ姿を思い出すと、やはり篠原を好きになるべきなのだ、と思えてくる。

（……おれが篠原さんを好きになれば、うまくいく。うまく、いくんだよね？）

望は自分がどうしたいのか、どうすればいいのかよく分からなくて、小さく唇を噛んだ。

その時携帯電話が鳴り、見ると、ディスプレイには「竹田《たけだ》さん」と名前が表示されていた。予備校のアドバイザーの、竹田だ。たぶん、望が今日休んでいるのを心配してかけてきてくれたに違いない。

『多田《ただ》か？　最近、授業に来てないようだけど、どうしたんだ？』

電話口から聞こえてきた竹田の声がなぜかとても懐かしくて、望は戸惑い、一瞬黙り込んだ。

『どうしたんだ？　聞こえないか？』

不思議そうに訊かれて、望は慌てて「竹田さん。心配してくれたんだね」と、返した。

『そりゃあ、風邪でもひいたかと思って。お父さんと進路の話し合いはできたのか？』

「あ……、ううん。色々あってまだ話せてないんだ。ごめんね、明日は行くから」

そういえば、竹田とはそんな話をしていた。進路のことなど頭から吹き飛んでいた自分に気づき、恥ずかしくなる。ありがとうと言って電話を切ろうとしたら、その声が、途中で途切れてしまった。

不意に、携帯電話が奪われたのだ。驚いて振り向くと、トイレから出てきた篠原が勝手に通話を切ったところだった。

「篠原さ……」

篠原は無言で指を動かし、望の携帯電話をなにか操作している。望は急に怖くなり、篠原の手から電話を奪い返した。竹田にかけなおすため着信履歴をたどってから、たじろいだ。着信履歴はゼロだった。慌てて開いた電話帳のメモリも、０件だった。データが全部、消されていた。

（嘘……。な、なんで？）

あまりのことに、望は唇を震わせた。

「俺以外の男と、連絡をとる必要なんかないだろ？」

その時篠原が、吐き捨てるように言った。

「……た、竹田さんは、予備校のアドバイザーだよ。おれのこと、心配してくれたんだ」

望はかすれた声で言った。篠原は鼻で嗤い、ソファに座ってタバコに火をつけている。

「どうだかな」

「どういう意味？」

「望は誰とでも寝られるだろ」

今度こそ、望は言葉を失った。どうしてこんなひどいことを、恋人に言われているのだろう。

「俺さえいれば、いいじゃないか」

真綿でくるむように優しく、抱き寄せられた。けれど望の体は硬直し、細かく震えてさえいた。

「もう予備校にも行くなよ。大学なんか行かなくても、ここにいたらいい。一生、大事にしてあげるから。どうせそんなに行きたくないんだろ？」

その言葉の身勝手さが信じられなくて、望は眉を寄せて、篠原を見た。篠原が甘く微笑み、望のこめかみにキスをしてくる。優しい、恋人のキス。けれど――。

怖い。背筋がひやりとし、恐怖で胃の底がきゅっと引き絞られた。

「望、お前はちょっとくらい、俺を愛してるのか？」

どこか責めるような視線で覗き込まれると、望は喉元にナイフを突きつけられたように感じた。間違ってはいけない。一言間違えば、ナイフは望の喉に刺さって、怪我《けが》をする。そんな恐怖に襲われ、望は身じろぎさえできずに息を呑んだ。

「ちゃんと……愛してるよ」

そう答える自分の声が、ひどく空々しく感じた。

――愛してる？

その言葉に、違和感しか感じない。こんな怯えた感情が愛だとしたら、愛とは、なんだろう。

（篠原さんの感情だって……愛なの？）

望の答えに篠原はゆったりと微笑み、たたみかけるように「なら、一緒に暮らそう。この家にずっといればいい。な？」と言い聞かせてくる。そのまま肩に体重をかけられ、望はリビングのカーペットの上に押し倒された。

胸の上をさまよいはじめた篠原の手に神経を集中しようとしたけれど、どうしても快感は拾えなかった。ただ得体の知れない恐怖だけが、胸の奥にあった。

「今日は予備校には行かないで、家の中で待っててくれ。なるべく早く帰るから」

翌日、望は仕事に出る間際の篠原に玄関でそう釘を刺された。

「進路のことは、俺と決めてからそのアドバイザーって人に話しに行こう。土曜は休めるから、ちゃんと考えてあげるよ」

望は嫌だと言えずに頷き、家で待つことを約束して篠原を送り出したけれど、なにかがおかしいことに気がついていたし、昨日感じた恐怖はまだ頭の奥に残っていた。

篠原はああ言ったけれど、広い部屋の中に一人になると、やっぱり予備校には行くべきだと思い始めた。続けて休んだ望を、竹田はきっと心配しているだろう。せめて電話だけでも入れようと携帯電話を探したものの、なぜかカバンの中にも、リビングにもなかった。

「……あれ？　なんで？」

望は仕方なく、篠原の部屋の固定電話から自分の携帯電話にかけてみた。

『おかけになった電話番号は、現在、電源が切られているか……』

しかし、コールはすぐに自動アナウンスの声に切り替わってしまった。

（おれ、電話の電源切ったっけ？）

さほど使っていない機体だから、電池もなかなか切れないはずだ。

急に嫌な予感がした。普段は立ち入らない篠原の仕事部屋に入り、ゴミ箱の中をあらためた。その瞬間、望は膝から力がぬけて、その場に座り込んでしまった。

ゴミ箱の中には、真っ二つに折られた、望の携帯電話が入っていた――。

リビングで、固定電話が鳴ったのはその時だ。望が慌てて電話をとったとたん、聞こえてきたのは篠原の声だった。

『望？　部屋にいてくれたんだな。よかった』

「……う、うん。ど、どうしたの？　忘れ物？」

篠原は外からかけているらしい。駅のホームにいるのか、背後から電車の滑り込んでくる轟音が聞こえてくる。

『いや。お前が部屋にいるかと思って。一時間したらまたかけるから』

「え……？」

『今日は一時間ごとにしかかけられないけど。いい子で待ってろ。な？』

突然、望は恐怖を覚えた。耳の裏から、ざあっと血の気がひいていく。

（意味分かんないよ。どうして……一時間ごとに、かけてくるの？）

けれど問いかける前に、電話は一方的に切られた。

望は急いで自分のカバンをたぐりよせ、中のものを全部出してみた。私物はこのカバンの中に入れておいたはずなのに、入っていたのは、参考書と筆記用具だけだ。

俊一の原稿が入っていない。それに、アパートの鍵もない。財布はあったけれど、銀行のカードや電車の乗車カードなどがごっそり抜かれていた。望はなくなったものを探して、家中のゴミ箱を開けた。俊一の原稿は生ゴミと一緒に捨てられており、カード類は真っ二つに切られて仕事部屋の片隅に放置されていた。鍵だけは、どれだけ探してもなかった。

一つ一つが見つかるたびに、だんだん息があがってきた。

そうこうしているうちに、また一時間が経って篠原から電話があった。

『昼飯食べたか？』

脳天気にも思える、優しい声。望はわけが分からなくなった。どうして、おれのものを捨てたの？ そう訊きたいけれど怖くて訊けなかった。

「……し、篠原さん。あのね、おれ、スーパーに買い物に行きたいんだけど……ちょっと遠くのスーパーに行くから、次の電話出られないかも」

そして望はとっさに、嘘をついていた。なんとかして、この部屋から出なければと思った。けれど篠原は、電話の向こうで不思議そうな声を出してくる。

『なんで。近所のスーパーでいいよ。それに、べつに毎日作らなくてもいいんだよ』

「でもおれ、料理好きだし……とにかく、そこに行きたいの」

『なんでだ？ どこのスーパー？ そこに誰かいるのか？』

篠原の声が急に詰問じみて、望は戸惑った。

（誰かいるのかって……）

どうしてそう思うのだろう。意味が分からない。

『そこに本山《もとやま》がいるんじゃないよな』

「……い、いるわけないよ。な、なんで？　スーパーだよ？」

『行かなくていいよ。とにかく、まだ仕事だから一時間後な。出ろよ』

今度は乱暴な声で言い、篠原は電話を切ってしまった。

（……変じゃない？　なんでここまでするの？）

真っ二つに壊された携帯電話。あの機体を壊す時、篠原はどんな顔をしていたのだろう。いつかあんなふうに、自分も壊されるかもしれない。なんの悪意もなく、当然のように。

突然心臓が激しく鳴りだし、背中にどっと汗が出た。怖い。

財布には千円くらいしか入っていない。でも、逃げなければと思った。

望はカバンをひっつかみ、篠原の家を走って出た。自分のアパートに帰っても鍵がないから入れないし、実家にはとても戻れない。混乱したまま、望が買ったのは俊一のアパートの最寄り駅までの切符だった。

夢中で電車に乗り、駅へ向かった。電車を降りる頃には昼下がりになっていた。

迷った末に、望は駅構内の公衆電話から俊一へ電話をかけることにした。俊一の番号だけは、篠原に電話帳の記録を消されても覚えていた。

（離れようって言われてるのに、今から行きたいなんて言ったら迷惑がられるかも……）

躊躇《ちゅうちょ》はあったけれど、他に頼れるところもなかった。それに、事情を話せば俊一はきっと助けてくれるとも思った。

俊一の番号をダイヤルして待つ間、公衆電話の受話器から聞こえてくる呼び出し音が、一つ一つ、ひどく長く感じられた。受話器を持つ手が震え、じっとりと汗ばみさえした。駅の時計を見ると、先ほどの篠原の電話からとっくに一時間が経っている。

(きっと……もう、おれが家を出たことに気づかれてる)

そんなはずもないのに、今にも改札から篠原が出てくるような気がして、望は落ち着かなかった。

『はい。本山ですが……どなたですか?』

七度のコールのあと、やっと受話器の向こうから俊一の声が聞こえてきた。公衆電話からかけたせいか、ちょっと怪訝そうな声音だった。懐かしい声だ。十数日ぶりに聞く俊一の声に望は安堵し、同時に怒られないかと緊張し、そして恋しさを感じて泣きそうになった。

(俊一。……俊一、俊一)

会いたい。

急に、その気持ちで胸がいっぱいになり、一瞬声が出せなかった。

「……俊一、おれ。今、家にいる?」

それでも押し出すように言うと、

『多田？　なんでお前、公衆なんか使ってるんだ？』

俊一に、驚いたように訊かれた。望はこくん、と息を呑み下した。心臓がうるさいほど鳴り、自分の声さえよく聞こえない。この電話線の向こうに俊一がいて、今この瞬間だけは自分とつながっている。そう思うと、会わない間に思い出さないようにしていた俊一の顔や体、細かな表情までが胸に迫って、瞼の裏にまざまざと浮かんできた。俊一に会いたい。俊一が、恋しい――。鼻の奥がツンと痺れ、今なにか言えば、泣いてしまいそうなほどだった。

「俊一……あの、今、俊一の家に……行っちゃだめ？」

声が震えて、かすれた。泣かないように、ぐっと息を止める。けれど電話の向こうで、俊一はしばらく沈黙していた。

『お前今、篠原さんと付き合ってるんだろ？　俺じゃなくて、篠原さんを頼れないか？』

歯切れの悪い口調で言われたのと同時に、受話器の向こうから女の人の声が聞こえた。

『俊一、誰から電話？　また例の幼なじみなの？』

声の主は俊一の背後にいるらしい。きっと、俊一の彼女だ――。

電話から口を離したらしい俊一が、ちょっと黙っててくれ、と苦い声を出している。

（彼女、来てたんだ……）

それなら、俊一には、会えない。

刹那、望の中にこみあげていた懐かしさも恋しさも、温もりを失ったように冷えて消えた。俊一が自分のために彼女を追い返すはずがないし、そんなことはさせられもしない。俊一には頼れない。頼ってはいけない。……分かっていたことなのに。

「……ごめん。変な電話して。切るね」

『多田、なんかあったのか？　篠原さんの携帯番号、分からなくなったのか？』

教えようか、と俊一が訊いてくる。あくまで篠原を頼るよう言ってくる俊一に、望はたとえようのないさみしさを感じた。

（俊一。おれ、その篠原さんから殴られてるんだよ……）

けれど言えなかった。俊一にとっては、そんなことはもう関係のないことだと思った。それなのに俊一を頼ってしまった自分が、なんだか滑稽《こっけい》だ。どうしてこんなになってまで、俊一にばかり求めてしまうのだろう。

（諦めなきゃって、つい昨日思ったばかりじゃんか……。おれって、バカだなあ……）

体からも心からも、張り合いのようなものがすうっとぬけていく。

「ううん、いいんだ。大丈夫。邪魔してごめんね」

望はわざと明るい声で、笑った。俊一には自分の顔なんて見えるはずがないのに、どうしてか笑わなきゃと思った。そうしなければ、もう立っていられない気がした。

けれど受話器を置くと、笑えなくなった。急に、この世界と自分をつないでくれていた

たった一本の糸が、ぷっつりと断たれたような気がした。

（でもなんかもう……それは、いいや……。仕方ないや……）

仕方ない、と思った。身に迫ってくるさみしさ。心の底から、たった一人だという気持ち。冷たくまっ暗な闇の中へ放り出されているような心地も、仕方ない、と思った。

誰も、この世界には誰も、自分を本当に必要としている人なんて、誰もいない。

（おれなんか、いてもいなくても、どっちでもいいんだなあ……）

まるで他人事のように、望は思った。

それは絶え間のない孤独だった。言いようのないさみしさだった。この空の下、どこまで歩いていっても、一人きりだ。今この瞬間、誰も望のことを本当には気にしていない。それが未来永劫続くように思える。どれだけ生きたところで、誰かと愛し合うことなんて、ないような気がする。愛されることも、愛することも、ない気がする。

もう、どこにも行けるところはない。財布の中には片道切符分しかお金がない。

望はあてもなく駅を出て、川原沿いを歩いた。そのまま下流へ向かって、自分のアパートまで帰ってみようか。けれどそんな気力もなく、途方に暮れて土手へ腰を下ろした。

空はもう暮れ始め、緋色に染まっていた。西日を受けて、穂先を金色に染めたえのころ草の群生が、座り込んだ望の周りで揺れている。学校帰りの小学生が、草笛を鳴らしながら向こう岸の河川敷を通っていく。

望も手近な草から若い穂をとり、一度押し広げて草笛を仕立てると、口にくわえて吹いた。指で作った溝の中を空気が通り、プゥプゥとまぬけな音がたつ。

小学生の頃、草笛の作り方を教えてくれたのは俊一だった。

学校から家へ帰る途中に川原があり、よく二人、その河川敷を通って下校した。上手《うま》く作れない望のために、俊一が草の穂を笛にしてくれた。

俊一が吹くのびやかな音と、望のたてるへたくそな音が、夕闇の迫る川沿いでまじりあった。あれは、何年も前のことだ。けれど、昨日のことのように思い出せる。

自転車が鈴を鳴らして、橋の上を行き過ぎる。たったそれだけで草笛の音はかき消され、聞こえなくなってしまう。望と俊一のつながりのように、脆くて弱い音だ。

（おれって、生きてる意味、あるのかなあ……）

不意に浮かんできた疑問に、傷ついた心が静かにひび割れていくような気がした。涙さえ浮かばない。心が、空っぽになりかけている。

せめて生きているのなら、と望は思う。

せめて、生きるためには、誰かを愛したり、愛されたりしていたい。

誰かを愛したい。愛されたい。必要としたい。必要とされたい。

けれどそれならどうして、もっと容易に愛してくれる人を、愛し返せないのだろう？

どうして自分は、俊一を好きになってしまったのだろう。

どうして俊一は、自分を好きになってはくれないのだろう……。

（おれが女の子だったら、俊一の一番になれてたのかな……？）

夕暮れの街の中を並んで歩いていた俊一と彼女。二人は明日も明後日も、し明後日も、きっと一緒にいられる。なんの約束もいらないし、誰からも指を指されない、後ろ暗さもない。愛することも愛されることも普通。けれど望は女の子になって、俊一に愛されたいわけじゃない。

（今のおれ、男で、弱いままの、今のおれを、おれを、好きになってほしくて……）

その時、堰《せ》き止《と》めていた堤防が崩れたように、音もなく涙が溢れだした。

（どうしておれは一人で、ちゃんと立って歩けないんだろ？）

一人ぼっちでも強かったなら、きっとこんなふうに泣いたりしないはずだ。愛されなくても、生きていける。

――強くなりたい、強くなりたい、強くなりたい。

そう思う気持ちは本物だ。紛れもなく本物だ。今の自分が嫌いなのも、変わりたいのも本当だ。

それなのに、どうしたらいいのかが分からない。強くなりたい、変わりたいと思った次の瞬間には、眼の前に広がる闇の深さに足がすくみ、勇気がなくて立ち往生する。いつもそうだ。いつもいつもそうだ。

草笛を吹きながら俊一と一緒に帰った子どもの頃、二人の影が夕焼けに染まる道の上に長く伸びていた。俊一と離れるのがさみしくて、望は、下校の道がもっと長くなればいいと思っていた。

隣にいる俊一が、今みたいな形でいつか失われるなんて、思ってもみなかった。

どのくらいそうしていたのか、いつしか日は落ち、薄青い闇が辺りに広がっていた。

「望」

背後からの声に、望は振り向いた。見ると、土手の上から素早く人影が降りてくる。その瞬間望は跳ね起きた。恐怖で体が震えた。篠原だった。

「電話しても出ないから、探しに来たんだ。やっぱり、本山のところへ来ていたのか」

うなるように言った篠原に、望は胸倉を掴まれた。とっさに逃げようとしたけれど、恐ろしさに射すくめられて動けなかった。

「本山に抱かれに来たんだな」

「違います！」

反射的に叫んだとたん、腕をとられ乱暴に引き寄せられた。ねじられた腕の皮膚が痛い。

「……おれ、帰る。鍵、返してください」

出た声が上ずった。

「帰る？　どこにだ」

「自分のアパート。鍵、持ってるんでしょ？　返して」

「お前の家は、俺のとこだろ？」

決めつける篠原の眼が、ぎらりと光った。腕が痛い。耳鳴りもする。怖い。怖い、怖い。

望はごくりと息を呑み込む。

「おれ、篠原さんとこには帰りません」

「なんだと」

「し、篠原さん……どうして？　なんでおれの携帯電話壊したり……？　あ、あんなことするなら、おれもう……付き合えないです」

蚊の鳴くような声で、それでもとうとう言った瞬間だった。篠原が手を振り上げ、望は激しく頬をひっぱたかれた。瞬間、頭を割られるような痛みが走った。体が浮き、望は土手の草むらに背中から落ちた。背筋に硬いものがぶつかり、折られたような激痛を感じる。けれど望は痛みを無視して立ち上がり、無我夢中で土手を駆け上った。後ろから大声が聞こえ、アスファルトに足が到達する一歩手前で、上着の後ろ首を摑まれて引き倒される。視界がぐるりと反転し、望はまた土手に投げられた。

「お前は！　俺をまるで愛してないんだろう、淫乱め！」

――じゃあ、篠原さんのこれは、愛なの？

望はとっさに、両腕で顔を覆った。横腹を蹴飛ばされて土手を転がり、喉の奥に血の味がした。朦朧《もうろう》としてきた意識の中、「愛していないんだろう、愛していないんだろう」という篠原の声が、やがて「愛してくれ、愛してくれ」という叫び声に聞こえ始めた。本当に篠原がそう叫んでいるのか、それとも自分の勝手な幻聴なのかは分からなかったけれど、いつしかその声が、望には自分の胸の中からも響いてくるように感じられた。

「望！」

麻痺していた耳に、誰かの声が届く。聞いたことのある声だ。篠原の攻撃がふっとやむ。誰かが篠原に飛びかかる。二人の男の影が、揉み合って土手を落ちていく。

叫び声、怒鳴り声、殴りあう音。

闇の中でうごめいている影の一つは、俊一だろうか……？

けれどもう確かめることもできなかった。

眼を閉じたとたん、望は急速に意識を失っていた。

六

「望《のぞむ》」

起き抜けの視界に映っていたのは、白い天井と心配そうにこちらを覗き込む康平《こうへい》の顔だった。

「眼が覚めたんだな、気分はどうだ？」

そう声をかけてくる康平が、なぜだか泣きそうな顔をしている。

（あ、そうか、おれ……死ぬのかと思ってた）

望はようやく、篠原《しのはら》に殴られて気を失ったことを思い出した。どうやらしばらくの間寝ていたらしい。けれどここはどこで、あれからどのくらい時間が経ったのだろう？ どうして、康平がそばにいるのだろう？

窓から射しこんでくる光は淡く、うっすらと小雨の音が聞こえてくる。一日寝てたんだよ、と言われて、望は昨夜気を失ってそのまま翌日まで眠っていたと気がついた。

よく見れば、望が寝かされているのは俊一《しゅんいち》の部屋のベッドだった。けれど、俊一はいない。

「俊一くんから自宅に電話があったんだよ。それで急いで来た。あんまりひどかったら病院へ行かなきゃいけないと思ったんだけどね、なんとか俺がここで手当てするくらいでも大丈夫そうだったから。俊一くんは、今コンビニまで出てる」

康平が望の額に手をあてて、熱がある、と呟いた。大怪我はしていないようだけれど、体のあちこちが打ち身になって痛み、微熱のせいか鈍く頭痛がした。

「兄さん、お父さんや秀一《しゅういち》兄さんには……」

もつれた舌でたどたどしく言うと、康平は望の疑問を察したようだった。

「言ってないよ。俺だけしか知らない。でも、この次同じことがあったら言う。俺は日本にいないからね、お前を守ってやれないだろう」

「篠原さんは……」

「知らないよ。俊一くんが追い返したって言ってたけど」

訊ねると、康平は急に険しい顔になって望を見つめてきた。

「どうして言わなかった。この前会った時、もう、ぶたれていたんじゃないのか」

康平に会ったのはほんの数日前のことなのに、もう何年も前のことのように思えた。記憶がちぐはぐで、はっきりと考えのまとまらない感じがある。まだ意識がふわふわして、現実感がない。それを康平に言うと、康平は腹立たしげに顔をしかめた。

「ショック状態なんだよ。……それで思考がまとまらないんだろう」

「あ、でも、あの時は、そんなにひどくなかったから」

なんとなく思い出しながら言う。

「ひどくなかったとしても、暴力はいけないことだ。俺、言っただろう？　しちゃいけないことがあるって」

「……悪気があったわけじゃ、ないんじゃないかな」

望はいつものように、そう言っていた。望の耳にはどうしてか、望を殴りながら叫ぶ篠原の悲痛な声が戻ってくるようだった。『愛してくれ』と聞こえた——思い出すと、心臓がひしゃげたように痛くなった。

「もう少し、自分を大事にしたらどうなんだ」

けれど康平が、怒ったように望の言葉を拒絶した。

「どんな理由があっても、暴力はだめだ。いけないことだ。暴力に、正当なものはない。お前はいい子だよ。でも、バカだ。暴力で、死ぬことだってあるんだぞ」

分かっている。康平の言うことはきっと正しい。けれど正しいことをいつでもできるのなら、こんなに迷うことも泣くこともない。

「……責めなくちゃいけないんだよ、望。責めていいんだ、もっと甘えていいんだ」

「おれ、すごく甘えてるよ……」

一人では、立って歩けない。こんなに弱いのに、甘えていいと康平は言う。

「違うよ、お前は誰も責めない。誰も、誰も憎まない。そうやって返ってきた痛みを、全部自分のせいにしてしまう。それは優しさじゃないんだ、優しさじゃ……」

康平は厳しい顔のまま、額に張り付いた望の前髪を優しく払ってくれた。康平の指は白くて細い。望はその手に、記憶のはるか彼方に沈んでいる、母親の手の感触を思い出した。

「どうしてかな……。篠原さん、初めは優しかったのに……」

ふと、望は呟いていた。

「お前にはみんなが優しく見えるんだよ。お前は愛情が豊かだから」

「おれ、豊かじゃないよ」

康平の言葉に、望はなぜか怯んで声を揺らした。

その時はっきりと、体の奥に潜む、渇いた大きな穴を意識した。

それはさみしさで空いた空洞だった。どれほど与えられても満たされない。望の中にある、飢えた孤独だ。

「……愛されたいだけだよ。愛することは、できない」

頭の奥には、篠原の叫び声がしつこくこびりついていた。――そしてそれと同じ、愛してくれという叫び声が、自分の胸の奥からも聞こえてくるような気がする。

（どうしてこんな気持ちになるんだろう……？）

望は自分の中にも、愛してくれないと周りを責め立てている、篠原に似たもう一人の自分がいる――そんな気がしていた。


康平がその日の夕方の便でドイツに帰るというので、望は空港まで見送ると言った。すると康平に、絶対にだめだと叱られてしまった。

「俊一くんがしばらくお前を預かってくれるから、自分のアパートには戻るな。繰り返し暴力を振るう男はしつこいものなんだ。きっとお前のアパートで待ち伏せてるはずだ」

「まさか……」

望は戸惑ったけれど、康平は絶対だと繰り返し、玄関先で靴を履きながら、他になにかしてほしいことはあるかと訊いてきた。望はふと財布の中に小銭しかないことを思い出した。

「……兄さん、次会えた時必ず返すから、ちょっとだけお金を借りてもいい？」

「いいよ、いくら？」

「一万円くらい……ごめん、今日だけホテルを探して泊まりたいから」

申し訳なくてつい理由をつけ足すと、康平は急に困惑したような顔になった。

「俊一くんが匿《かくま》ってくれるって言ってるんだから、ここにいたほうがいいだろ？　ホテルなんて……突き止められたら危ない。そりゃ他人様の家にずっと……は申し訳ないけどな」

そう言われても、望には俊一の部屋にいていいとは思えなかった。康平は、とにかくお金は渡しておくからと、望の手に一万円札を三枚握らせてくれた。

とその時、ドアが開き、コンビニエンスストアのレジ袋をさげた俊一が帰ってきた。

俊一は起きている望を見ると、ほんの少し眼を瞠った。けれどすぐに、ほっとしたような表情を浮かべる。瞬間、望は気まずくてうつむいてしまった。俊一が帰ってくる前に部屋を出ておけばよかった、とさえ思った。

「俊一くん、望がホテルに泊まるって言ってるんだ。悪いけど、宿泊先が決まったらそこまで送ってってやってくれないかな」

康平が慌ただしく言い、ヨーロッパ式の挨拶なのか望の頬に自分の頬を交互にくっつけて、部屋を出て行った。事情を聞いた俊一が一瞬黙り込み、苦い表情で振り返る。

「……ホテルなんか行かなくていい。そんなとこ泊まったら、すぐに篠原さんにバレるぞ」

望は言葉を探した。どうして俊一が自分を引き留めるのか、望には分からなかった。昨日電話をした時は拒んできた俊一だ。本当はもう、望の世話などしたくないはずだ。俊一は篠原に殴られていた望を見て、仕方なく置いてくれようとしているだけだろう。けれど本当は迷惑に違いないし、もう頼りたくなかった。頼って傷つくのが嫌だった。

けれど部屋の片隅に置かれていた荷物を背負うと、不機嫌な顔の俊一に、腕を摑んで引き留められた。

「おい、俺の話聞いてたか？」

「聞いてる。でもおれ、兄さんからお金借りたからホテルに泊まるよ」

「お前一人じゃ危ないからここにいろって言ってるんだろ」

乱暴に腕を引っ張られ、抵抗する間もなく、ベッドに座らされる。その瞬間、望はたまらず俊一の手を払っていた。

「俊一はおれのこと、もうほっといていいんだってば。おれ一人でなんとかする」

「お前なあ、五島《ごしま》やら大貫《おおぬき》やら、正気の相手もなんとかできねえくせに、篠原さんをどうにかできるわけないだろ！」

不意に怒鳴られ、本棚の上からなにやら細々したものをベッドの上へばらまかれて、望は息を呑んだ。

俊一がばらまいたのは、まっ二つになった望の携帯電話やカード類だった。篠原の家に捨てられてあったものを、それでもないよりはましかもとカバンにかき集めて入れておいたのだ。忘れていた恐怖が、望の中にせりあがってくる。

「……悪いと思ったけど、お前の実家の電話番号調べるためにカバン開けたんだよ。そしたらそんなもんが入ってたから……やったの篠原さんだろ？　こんな異常なことするヤツ相手に、お前みたいなぼんやりが立ち回れるはずがない」

壊された携帯電話やカード類には、篠原の狂気がにじみでている。昨日川原の土手でしたたかに殴られた記憶がフラッシュバックしてきて、動悸が激しくなり、冷や汗がじわっと額ににじみ出た。……怖い。

怖くて、吐き気さえ感じた。

けれどその瞬間望は立ち上がり、玄関に向かって駆けだしていた。自分でもなにをしているのか分からなかったが、これ以上ここにいては、また俊一に甘えてしまうと思った。恐怖に負けてそうなってしまう前に、早く出て行かなければと思った。

けれどすぐさま、腰に俊一の腕が回り、乱暴に引き留められる。

「おい、なにしてんだよ！」

もういいよ、と望は叫んだ。

「これ以上迷惑かけたくないから、もういいんだってば！」

望は細い身をねじらせて暴れ、それでも放してくれない俊一の頰を、無我夢中になって平手で打っていた。俊一の顔が、横を向くほど、思いきり。

小さな部屋の中に、冷たい音が反響した。望は自分の行動に、ハッとなって硬直する。

「……いってえ。このバカ。おい、気が済んだか？」

望と反対に、俊一は冷静だった。まるで今まで望を突き放していたことなんて、離れようと言ったことなんて、忘れたかのように――。

刹那、望の中で感情が爆発した。

自分でもわけが分からなかった。恐怖、怒り、悲しみ、悔しさ――それらが一緒くたになって溢れ出し、同時に涙も溢れ出た。

「おれが昨日電話した時は……俊一は、来るなって言ったのに……」

(あ、ダメだ。言っちゃダメだ……)

もう言うな、これ以上言うなと思っているのに、一度出てきた言葉が止められない。

「俊一が言ったんだろ！　篠原さんとこに行けって！　離れようって……今さら、一緒にいられないよ……！」

涙で視界が曇って、俊一がどんな顔をしているのかよく見えない。いや、見たくないだけだと望は思った。嫌われることが、軽蔑されることが、怖いだけだ。

「……悪かったよ、俊一はおれと離れたかったのに、こんなことになっちゃったから仕方なく相手しなきゃいけないんだ！　おれのことなんか本当はうんざりしてるのに」

けれどその時、腰に回された腕にぐっと力がこめられて、望は俊一の胸に強く引き寄せられた。

「お前な、ふざけんなよ、たしかにこれまでお前がすがりついてきた時、うんざりしたことはある。でも一度だってはね除けてないだろ？　昨日だってお前が電話でおかしかったから、彼女帰してお前を探したんだ。携帯にかけてもつながらねえし、めちゃくちゃ心配したよ。お前が……あんなとこで殴られてて」

　後悔した。耳に、俊一の絞り出すような声がかかる。

「すぐに来いって言えばよかったって。最初に離れようって言ったのは、あの時はまだ篠原さんならお前をちゃんと大事にしてくれるって思ってたからだ。俺より……お前をさみしがらせないで……」

　苦しそうな俊一の声音に、望は一瞬、心が揺れた。

（おれをまだ、少しは好きでいてくれる？）

　けれどそのささやかな好意にすがるのに、望はもう疲れていた。

　どれだけ好きでも意味がない。俊一が幼なじみとして、ほんの少し望を好きでいてくれても、やっぱり意味がない。俊一が最後に選ぶのは自分ではない。俊一とは、恋はできない。これまでと同じようにすがりつけばすがりつくだけ、切り捨てられた時の痛みが深くなる。かといって誰も、責められない。

　もういいよ、と望は震える声で言っていた。

「……もう、いい。分かってる。俊一がおれを心配してくれてることも、意地悪で離れようって言ったわけじゃないことも。でも、本当にもういいんだ。一人でなんとかするから」

かろうじて目尻に止まっていた涙が、うつむいた瞬間、ぽろりと頬をこぼれ落ちた。

けれど俊一は放してはくれず、説き伏せるように顔を覗き込んでくる。

「俺は今はお前のために、一緒にいたほうがいいと思ってる」

（おれのためって……）

ある意味身勝手な俊一の言い方に、望は思わず力がぬけ、それから、小さく笑ってしまった。

「それで、おれが傷ついても、俊一にはどうでもいいんだ……？」

小声で言ったから、俊一には聞こえなかったのだろう。頭上から、「なに？」と問いかける声がした。

「おれのためなんて、どうしてそんなこと、分かるの？」

「俺が間違ってるって言うのか」

俊一が、怒ったように眉を寄せる。まさか、と望は渇いた声で笑った。

「……まさか。俊一は、いつだって正しいよ」

——そう、いつだって正しい。いつだって、正しすぎるほど正しい。

言った声はかすれ、自分でも思いがけない毒が含まれていた。

「そうだよ、俊一はいつだって正しい、いつだって……いつだって正しいのは俊一でおれが間違ってる……だからおれに、指図できるんだっ」

頭のどこか一部が麻痺したようだった。

言ってはならないことが山ほどある。

伝えてはならないことが山ほどある。

硬い堤防でその言葉を言わないように守っていたのに、感情が結界を破って溢れ出す。

「怒れって、自分を殴った男を責めないおれはバカだって俊一は言うよね。そうだろうね、次から次へ、くだらない恋愛ばっかりしてるおれはおかしいよ。どうでもいい男と付き合ってばかりのおれは、おれは、俊一から見たら、ただの淫乱だろうね、そうだと思うよ！」

俊一が息を呑み、声を失う気配がある。望はけれど、言葉を収めなかった。

「だけど、だけどね、どうせ俊一には分かんない、絶対絶対分かんないよ。俊一はいつだって正しい、俊一は女の子が好きなんだから。だから、だから言えるんだ、だから言えるんだよ、好きにならないなら、なんて！　好きにならないなら、かまわないなんて！」

耳鳴りがした。胸の奥に、古い記憶が蘇ってくる。

三年前の春。十五歳だった望は、まだ、誰かに抱かれることも知らなかった。

俊一に男を好きなのだと告白した時、気持ち悪いかと訊いた望に、俊一は
『俺のこと好きにならないんなら、べつにいいよ』

と、言ったのだ。

俺のことを、好きにならないなら、べつにいい、と。

俊一はきっと、望を傷つけたくてそう言ったわけじゃなかった。

「冗談じゃない、ふざけんなよ、どうしてそんなこと言われなきゃなんないの。俊一は、俊一は自分が女の子を好きになれる人間だから――おれが違ってるからって、もうとっくに、とっくに……あの時、線引きしたんだ、線引きしたんだ……！」

望は眼が壊れたのかもしれないと思った。どっと涙が溢れ、おかしいくらい泣けてくる。涙を溜めているダムがあるのなら、堰が切れてしまったに違いない……。

「一番、一番おれのこと軽蔑してんのは俊一じゃんか！　好きにならないならいいよって、先に予防線はって、自分は関係ないって顔して、泥ん中ハマったおれを、上から見下ろしてんのは俊一じゃんか！　俊一は、俊一は……っ、手は差し出してくれても、おれがハマってる泥のところには絶対来ない。泥の重さも知らないで、さっさとあがってこいって言う……おれだってそうしたいよ！　できないから苦しんでる……それをバカだって言われたら、おれはどうしたらいいの……！」

涙のせいで視界が揺らいで、俊一の輪郭《りんかく》も歪《ゆが》んで見えた。

堰き止めようして手の甲でぬぐってもぬぐっても、新しい涙が溢れて止まらない。

今すぐ言いたい、ごめんと言いたい。今のは全部嘘だから。嘘だから、だから嫌わないでと。

でも本当は、全部本心だった。望の心の奥にある一番汚いところ、一番ぐちゃぐちゃしているところが、涙と一緒に洪水のように俊一の前へ溢れ出ただけ。

（もうおしまいだ……もう）

ずっと心の中に隠して見せないようにしてきたことを、とうとう全部ぶつけてしまった。俊一のことなんて、本当は信じていない。俊一の言葉なんて腹が立つ。俊一を大好きで大好きで、好きになってもらえないからさみしくて、胸の中にぽっかり穴が空くほどなのに、同じくらい大嫌いなのだ、本当は。

それが全部流れ出て、今まで言わないでおいたこと、言っちゃいけないと思っていたこと、自分でも気づかないようにしていたことまでさらけだしてしまった。

本当は、十五歳のあの春の夜、望は傷ついた。

俊一が、好きにならないならべつにいいと言ったからだ。

俺のことを好きにならないならべつにいい、という、一見優しげな言葉で、けれど冷徹なまでにはっきりと、拒絶されてしまったから。

近づくな、それ以上期待するな、そんな感情を抱いたらもうお前とはおしまいだと、俊一はあの時声にしない言葉で望に伝えてきた。

望の気持ちは初めからなかったようにされ、そしてこれからもないようにされた。好きと伝えたくても、けっして伝えられなくなった。望が俊一を好きになったとたん、二人の関係が終わってしまうのだと、言葉の裏で告げられた。

それは柔らかな檻のように、壊せそうに見えて壊せず、二人の間を隔てていた。

望は俊一に、自分とは違う人種、と分けられたのを感じていた。そうして俊一は、一人絶対安全な檻の向こうから、望に手を差し伸べてくる。望と俊一とは住む世界が違うのだと、無言の圧力で言い聞かせながら。

そんなものを、望は優しさだなんて思っていなかった。本当はこれっぽっちも思っていなかった。軽蔑されていると、信じられていないと思いながら、望が一番俊一を軽蔑して、一番信じていなかった。

それでも好きだったから、望は嘘をかき集めて、今までの時間と関係を守ってきた。けれどたった今、自分でそれを壊してしまった。

望の腰を抱いていた俊一の腕から、力がぬけていく。

俊一の体温が離れていくと、たとえようのない寒さが押し寄せてくる。俊一はなにも言ってこない。望のしゃくりあげる声だけが、狭い部屋の中に響いている。今、俊一はどんな顔をしているのか、望には見る勇気もなかった。

「……謝ればいいのか？」

やがて、問いかけというよりも一人言のようにそう訊かれた。

「……お前が傷ついてるのは、知ってたよ」

知ってた？　なにを？　どんなふうに？　じゃあどうして知らないふりをしてたの？

顔をあげて見ると、俊一は怒っていないようだった。ただ苦しそうな、切なそうな顔でじっと望を見つめてくる。切れ長の瞳には、もの言いたげな表情が浮かんでいたが、望にはそれがなにか分からなかった。

「……俺は、本当はお前が、怖いのかもな」

「怖いって……なにが？」

「自分を変えられるのが。……お前に」

俊一が困ったように微笑み、目尻からそっと涙をぬぐってくれる。優しい手つきだった。それはこのうえないほど――まるでとても大事にしている壊れ物に、触れるような手つきだった。どうして、と望は思う。

（どうしていつも、そうやって触るの？）

もしも俊一がもっと冷たく望に触れるなら、望はもっと簡単に俊一を諦められるはずなのに。

そのまま引き寄せられると、望はもう意地を張れなくなって俊一の胸に頭を預けた。ふと耳をすませば、俊一の厚い胸の奥から、心臓の音が聞こえてきた。それは早鐘のように脈打ち、動揺しているのは望だけじゃなく、俊一もなのだと訴えてくる。

「……お前の気持ちは分かった。でも、俺と一緒にここにいてくれ。篠原さんにはもう預けられない。お前を外に出すのが怖いんだ。お前が……俺の知らないところで、また傷つけられるのが怖い」

俊一の囁き声は切羽詰まっていて、その声の真剣さに胸がじんと熱くなった。けれど、望は小さく首を横に振った。

「俊一には、おれといるなんて無理だよ」

「無理じゃない」

「無理だよ……だって彼女を困らせるんだよ」

「少しくらい会わなくてもいい。今はお前を優先する」

「前みたいに、彼女が風邪ひいたら？　会いたいって言われたら？」

「見舞っても帰ってくる。お前を優先するって言ってるだろ」

「そんなのできるわけない。無理だよ！」

「お前が好きなんだよ！」

不意に俊一が叫んだ。望を抱きしめていた腕を緩め、両肩を掴んでくる。

「俺だってお前が好きなんだ。好きなんだよ。お前の求めてる形と違っても、お前にはそう見えなくても、俺だって……」

俊一が「くそ」とうめく。

「俺だって、できれば放っておきたいんだ。だけど、だけどな、お前が、俺の知らないと

ころで泣いてるかと思ったら……たまらない。たまらなく辛い」

俊一は、ひどい——。

俊一の言う「好きだ」という言葉が、望と同じ「好き」ではないことくらい、望は知っている。ただ幼なじみとして大事で、放っておけないだけ。でもそう言われたら望が許してしまうことなんて、俊一なら分かるはずなのに。

本当にほしいものをもらえたわけでなくても、望、と苦しげに呼ばれると切なくなる。好きという気持ちが、と望は思う。

（好きだって気持ちが、たった一つだけならいいのに……）

望の好きも、俊一の好きも、同じ好きだったなら。けれど現実は、そうではない。そしてどちらの愛情も、どちらのほうがより尊いとは決められない。

（おれも俊一も、勝手なんだなあ……）

二人とも自分の愛情だけを、相手に受け取ってほしがっていると、望は思った。


その日の夜半、戸外では雨が降り出した。

俊一の部屋で風呂に入ると、篠原に殴られた時にできたのか、いつのまにか全身には青黒い痣《あざ》が点々と浮かび、体が温まったあとでじんじんと痛みだした。貸してもらった俊一のパジャマは望には大きく、余った袖や裾を折り曲げて着る。部屋に戻ると、俊一は書き物をしていた。

「お前、髪濡れてるぞ。こっちおいで」

俊一は優しかった。望は俊一の膝の間に座らされて、ドライヤーで髪を乾かしてもらった。俊一は望に飲み物を用意し、腹が減っていなくてもちょっとくらい食べろと言って、コンビニエンスストアでおにぎりを買ってきてもくれた。本当は食欲がなかったけれど、望は俊一の親切が嬉しかったから食べた。

その間中外で降りしきる小雨の音が、更紗のように淡く部屋を包んでいた。

「ごはんつぶついてるぞ。お前、子どもみたい」

ペンを置いた俊一が顔を上げ、望を見て微笑《わら》った。

俊一は望の唇についたごはんつぶをひょいとつまんで食べ、自然に顔を近づけてキスをした。小鳥がくちばしをつつきあうように、軽いキスだ。

胸の奥に硬く結ばれていた我慢の糸がほどけたように、望は衝動的に俊一の首にかじりつくと、その唇に自分のそれを押し当てていた。

すぐに形勢は逆転し、望は力強い腕に背中を抱きこまれて、押し倒された。角度を変えながら何度も優しく口づけられ、髪を撫でられた。けれどもっと深く、もっと強いキスを、望はしてほしかった。

いつの間にか望は泣いていて、それがどうしてなのか、辛いのか苦しいのかもよく分からなかった。なぜ自分は泣いているのだろう。そして泣いている自分さえ現実感がなくて、他人事のように遠く感じられる。

「寝よう、疲れてるんだよ」

俊一が優しく低い声で、慰めてくれた。指一本動かすのもしんどくて起き上がれずにいると、察したように望を抱き上げてベッドまで運んでもくれた。

頭の奥で、嵐のような轟音がしていた。それは望をなじる、篠原の声だ。瞼の裏には追いかけられて殴られた時の映像が、切れ切れにフラッシュバックしてきた。今頃になって、その時の恐怖を思い出しているらしい。

昔どこかで聞いたことがある。暴力を受けると、そのショックはあとになって何度も繰り返し思い出されると。けれど心はついてゆかず、感情は麻痺したようになにも感じない。

電気を消したあとで、俊一が望の隣にもぐりこんできた。暗闇の中で向かい合わせに寝そべって眼が合うと、ほんの少しだけ望の頭の中から、辛い記憶が消える。

俊一は望が篠原のことを思い出していると、気がついているのかもしれない。望のことを安心させるように、優しく引き寄せてくれた。

「俊一。……康平兄さんが、おれは俊一のすねのきずだって言うんだ。そうなの？」

どうしてか気になって訊くと、俊一が小声で繰り返した。

「脛の傷……」

「どういう意味？」

訊いたけれど、俊一はただ、苦笑するだけだ。もしも、と望は聞こえないくらいの声で言った。

「おれが女の子だったら、俊一は、おれを彼女にしてくれた？」

そう問うと、俊一が一瞬、望の眼をじっと覗き込んだ。闇夜の中、カーテンの隙間から射しこむ街灯の青白い光が、俊一の黒い瞳に反射しているのが見える。どこか苦しそうな顔で、俊一が微笑った。

「……本当はな、どうして五島や大貫や……篠原さんや男どもが、お前をほしがるか、俺にも分かるよ」

――それは、どういう意味だろう？

望は、少し責めるように、俊一を見つめた。

俊一はもうなにも言ってはくれず、望は頭を引き寄せられる。だから望は、俊一がこの話を続けたくないのだと、分かってしまった。

俊一の左胸から、望の耳へ、脈打つ鼓動が聞こえてくる。

空気さえ漏れないようにぴったりと体を寄せ合い、お互い相手を想っているのはたしかなのに、自分たちは恋人同士じゃない。互いの間に横たわる溝の埋め方さえ、望には知ることができないでいた。

翌日から、望が予備校へ行く時は俊一が送り迎えをしてくれることになった。

望は、篠原がどこかで待ち構えているだろうから絶対に一人にならないよう、俊一に何度も念を押されていた。

「大貫の時も殴られたけど、そのあとはなにもなかったよ」

「あいつは、お前の携帯壊すようなことまではしなかっただろ」

やんわり反論すると、俊一にばっさりと否定されてしまった。

数日ぶりに予備校へ顔を出したら、竹田《たけだ》がほっとしたように出迎えてくれ、望は進路のことを、まだ父親に相談できていないと謝った。

「うん……そうか。そうだろうと思ってた。ちょっと今、いいか？」

指導室に呼ばれた望は、竹田からこっそりといった体でカラフルな紙を数枚、渡された。

「予備校のアドバイザーが率先してこういうの勧めるのもどうかと思うんだけどな」

それは、調理師専門学校の入学案内書だった。一校ではなく、五校ほど集めてある。

「お前、料理が得意だって言ってたろう？　大学には――本当は行きたくないんじゃないかって、前々から思っていたんだ。無理に勉強して入ってもつまらないだろうし、一応こういうのもあるぞと思ってな。他の先生たちの手前、内緒な」

照れたように言う竹田に、望はびっくりして眼を瞠った。

そういえばずいぶん前、竹田になにか得意なことはないのかと問われて、料理と答えた。それを、竹田は覚えていてくれたのか。

望はここ最近ずっと恋愛に振り回され、進路のことなんて真剣に考えていられなかった。それなのに、こんな自分のことを、竹田はちゃんと考えてくれていたのだ。

他愛のない、けれどまっすぐな竹田の親切が心に染みた。

望はなんだか胸がいっぱいになり、言葉もなく、ただ深々と頭を下げた。

夕方四時を過ぎると、俊一が予備校のエントランスまで迎えに来てくれていた。

けれど予備校を出たところで、望は硬直した。正面出入り口の植え込みの影に隠れて、篠原が立っていたのだ。

篠原はたった一日会わなかっただけで、げっそりと痩せたように見えた。健康的に日焼けしていた肌はどちらかというと土気色になり、眼の下にべったりと隈が見える。

そのあまりのやつれ方にショックを受けて立ちすくんでいた望は、俊一に強く腕を引かれて我に返った。

「多田《ただ》、行くぞ」

「望！」

弱々しい叫び声をあげ、篠原が植え込みの影から飛び出してくる。

「悪かった、反省してる。もう二度としないから……」

けれど言い募る篠原の声を聞き終わる前に、望は俊一に、痛いくらいに引っ張られた。

「俊一、篠原さんが」

「無視しろ」

もともと親しい間柄だったはずなのに、俊一の篠原への反応は驚くほど冷たかった。

「望、待ってくれ。せめてこれを……」

駆け寄ってきた篠原が、白い封筒を差し出した。望は受け取ろうとしたけれど、俊一が横から奪い取るほうが早かった。

「こういうことはやめてください！」

篠原の眼の前で、俊一は奪った封筒を屑のように丸め、投げ捨ててしまう。丸められた封筒が、篠原の頬を打って路上に落ちる。

「行くぞ！」

俊一に引っ張られ、望は篠原を置き去りにした。振り返ると、路上にしゃがみこんで封筒を拾う篠原の、くたびれはてた横顔が見えた。手紙を拾う姿は弱々しく、みじめだった。

それに、望は胸が詰まるのを覚えた。

初めて会った時は、晴れた夏の空のように明るい人だと、そう思った。人々に認められる写真を撮って、恵まれた容姿と経歴を持っていて、生活に困っているわけでもない。それなのに、篠原も一人ぼっちなのだろうか？

篠原の部屋のリビングに飾ってあった、温かな家族写真と暴力的な廃ビルの写真。そのどちらもが、篠原の内側にあるものなのかもしれない。

（でもおれにだって、温かな気持ちと同じくらい、浅ましくてみっともない感情がある）

自分は篠原とは違う、とは言い切れない弱さが、望の中にもある。

「おれ、戻る」

無意識に足が止まった瞬間、望はそう口走っていた。

「戻って手紙、もらってくる」

「なに言ってんだ……？」

俊一が信じられないものを見るような眼差しで、望を振り返る。

「戻るから、先に行ってて」

「ふざけんな！　なに考えてんだ！」

とたん、俊一に怒鳴られた。

「ああいう手合いは殴ったあとで優しくなる。だけど、結局繰り返すんだ。情に負けるな」

「でも多分、一生懸命書いた手紙だと思う。あれだけは読んであげたいから……」

言った瞬間、俊一に手を振り上げられた。殴られると思い身構えたけれど、拳は落ちてこなかった。かわりに肩を摑まれ、「……頼むから」と震える声で囁かれた。

「もっと自分を、大事にしてくれ……」

うなだれた俊一の、黒い睫毛が震えていた。望の肩を摑む指も、震えていた。

(……おれ、俊一を傷つけた？)

そうなのかもしれない、と思うと、それ以上望は我を張れなくなった。ふとこの時、初めて望は、今まで自分が俊一を怒らせてきた時、俊一は怒る以上に傷ついていたのかもしれない——と思った。たとえば大貫の元から逃げてきた時、あるいは五島とセックスをしたあと。

(俊一は、本当はおれなんかよりずっと、傷ついていたのかな……)

その傷をつけたのは大貫でも五島でもなく、自分なのかもしれない、と。

もしも望がいなかったら、俊一はなににも悩まされず、普通の大学生の一人として、ただ楽しいだけの学生生活を送れただろうか。少なくとも、望のせいで俊一が負った傷は、人生でどうしてもつけなければならない傷ではなかったはずだ。

——俊一くんにとって、お前って脛の傷なのかもなって……。

康平の声が望の耳に返ってくる。

俊一のまっ白な布のような人生に、自分だけがまっ黒なしみのようにこびりついている。

ただ明るいだけだった俊一の人生は、きっと望がいることで、ただ一つの後ろ暗い影を含んでしまったのだろう。望はようやく、康平の言う意味に気がついた。

たぶん、望は俊一のたった一つのやましさ。たった一つの後ろ暗さ。たった一つの間違い。そしてたった一つの罪悪感――脛に負った傷なのだろうと。

帰りの道は、お互い無言だった。以前は一緒にいるだけで楽しかったのに、今はなにを話せばいいのか望にも分からない。前の自分は俊一といる時、どんな気持ちだっただろう？　いくら考えても、同じ気持ちにはなれなかった。

アパートに着いたところで前を歩いていた俊一が歩みを止め、つられて望も立ち止まった。見ると、一階の通廊に、俊一の彼女が立っていた。

「やっぱり、そういうことなの」

形のいい眉をきゅっとつりあげた彼女に睨まれ、望は罪悪感を感じて身を縮こまらせた。

「俊一に話があるのよ。家にあげてくれる？　それがダメなら、うちまで来て」

彼女は白い頬をまっ赤にして、怒っている。その姿はきれいで、華奢な体からは香水なのか甘い薔薇のような匂いがした。

「多田、部屋に入って鍵閉めてろ。誰が来ても開けるなよ」

まごついていたら、俊一にそう言われて鍵を渡された。彼女が不満そうに口を挟む。

「どうして？　彼も一緒に来てもらいたいわ。関係ないわけじゃないし」

「いいんだよ、こいつは。多田、いいから入れ。早く」

イライラと声を荒げる俊一に、望は無理やり部屋の中へ押し込まれる。あっという間もなく閉じたドアの向こうから、彼女が不平を言う声が聞こえたが、やがてそれは遠ざかった。

望は玄関のポーチに力なくへたりこんだ。肩にかけていたカバンがどさりと落ちる。

(俊一が彼女のとこから帰ってこなかったら、どうしよう……)

望は不安で、体が震えだすのを感じていた。

七

彼女と出て行った俊一《しゅんいち》が帰ってくるのを待つ間、望《のぞむ》は不安なまま電気をつけることも忘れ、カーペットの上に膝を抱いて座り込んでいた。俊一は今夜、帰ってこないかもしれない。いや、約束したのだから絶対に帰ってくる。矛盾した二つの気持ちがぐちゃぐちゃとまざりあい、怖くて怖くてたまらなかった。

もしこのまま、俊一が帰って来なかったらどうしよう。

望は、彼女の甘い香りをしつこく思い出していた。華奢な体と柔らかそうな胸のふくらみのことも。俊一は今ごろ、彼女を、抱いているかもしれない。そう思うとまるで、暗い穴の中に落ちていくような気がした。息苦しくて、辛くて、死んでしまいそうだった。

何時間も待って全身が冷えきった頃、玄関のドアがガチャリと開いた。とたんに真っ暗だった部屋の電気がつき、望はまぶしさに眼をしばたたく。

「……お前、電気もつけないでなにしてんだよ？」

俊一が入ってくると、戸外の冷えた空気も一緒に部屋の中へ侵入してきた。壁掛け時計の針が午後十時を示している。望は、もう三時間以上もこうしていたのだと気がついた。

俊一が着ていた上着を脱いで放り投げると、彼女からも香っていた甘い薔薇のような匂いが漂ってきた。移り香だ、と望は察した。

「彼女んち……行ってたの？」

「ああ」

俊一が素っ気ない態度で頷く。

「おれを追い出せって言われたんでしょ？」

「お前は気にしなくていいんだよ」

ベッドの上へ荷物を置きながら、俊一は切って捨てるように言ってくる。こんな言い方をする時は望の質問が当たっていて、俊一がその話をしたくない時だ。

「……彼女はおれがここにいるの、いやなんでしょ？」

「いいから。俺がお前にいろって言ったんだろ。ちゃんと納得させたし、これは俺とあいつの問題なんだからお前は気を揉むな」

もうこの話は終わりだというように、俊一がバスルームのほうへ向かった。やがて半開きになった扉の向こうからシャワーの音が聞こえ、俊一がシャツを脱ぐ気配がした。

なにそれ、と望は思った。俊一と彼女の問題だから、望には関係がない。体のいい言葉で、望は俊一に線引きされたような気がした。

（彼女はおれに怒ってるのに、おれは関係ないの？）

昨日、やっぱり出て行けばよかったと、望は思った。優先順位を考えるなら、俊一にとって優先すべきは自分ではなく、恋人のはずだ。どうせほとぼりが冷めたら出て行くのだから、一緒にいることにしがみついている意味なんてない。

望は立ち上がり、床に放り出したままの自分のカバンを手にとった。足早に玄関へ向かったとたん、服を脱いで上半身裸になった俊一が慌ててバスルームから飛び出してきた。

「なにしてんだ」

「おれ、やっぱり自分のアパートに帰る」

望は足を踏みしめて、引っ張り戻そうとする俊一に抵抗した。

「つい昨日話して納得したばかりだろ、なにが気に入らないんだ」

「気に入らないとかじゃなくて……おれがここにいるの、やっぱり不自然だから」

「なんでだよ、幼なじみだったら、これくらいするだろ⁉」

（……幼なじみ）

俊一にとってはそれだけか。分かってはいるけれど、いざ言われると辛い。俊一の腕を振り切ろうとした矢先、望は突き飛ばされて数歩よろめき、リビングのカーペットへ尻餅をついた。視線を上げ、俊一を睨みつける。

その瞬間、望はなぜか、俊一がいとも簡単に篠原を突き放し、手紙を捨てたことを思い出していた。道路にしゃがみ、丸められた封筒を拾う篠原のみじめな姿。望にはあの篠原が自分と同じように思えた。ぐしゃぐしゃに丸められた手紙が、望の気持ちと同じように思えた。

「どうせまた、離れようって言うくせに……」

望は、気がつくとそう言っていた。昨夜から、感情のコントロールができなくなっている。望の言葉を聞いた俊一が、イライラと眼をつり上げた。

「なんなんだよ？　俺、言っただろ。お前が好きだって。これ以上どうしろっていうんだよ。俺にどうしてほしいんだ⁉」

「分かんないの？　ほんとに分かんないの⁉　俊一」

俊一の体から、彼女の匂いがしていた。

望はそれに気がついていた。

気がついた瞬間、深く傷ついた。

俊一は、逃げるようにシャワーを浴びようとした。

（……彼女のこと、抱いてきたんでしょ？）

それが辛い。彼女がうらやましい。嫉妬をする資格なんてないと分かりながら、焼けるような妬ましさに、胸が痛む。望の「好き」は、俊一の「好き」とはわけが違う。

（おれにとって俊一は、ただの幼なじみじゃないよ……）

きっと、俊一が望を優先するのは今だけのことだろう。だとしても、男を絶対好きにならない俊一が、望にここまでかまってくれるだけで感謝しなければならない。けれどまた離れる時、望はきっと以前より深く鋭く傷つけられる。

「……もう、やめよ。どうせまたいつか、離れるんだから」

呟くと、俊一が怒ったように眉を寄せた。

「言ったろ、前に離れようって言ったのは、お前のためだったって何度も！」

「おれのためって……」

俊一がまた言った言葉を、望は小さく繰り返した。自分のためだなんて、とても思えなかった。理性ではそんな筋合いはないと分かっていながら、胸の奥に怒りが湧いてくる。

俊一が勝手に思えた。もう一度立ち上がり、出て行こうとすると、俊一が望の手首を掴む。

「俺はお前のとこに帰ってきただろ？　約束破ってねえだろうが。それでいいんじゃないのかよ!?」

刹那、望はカッとなり、大声を張り上げていた。

「それ以上望んだって……言えないだけだろ!?　俊一はどうせ、おれを抱けないじゃんか
……っ」

言ったあとで、望はハッと口をつぐんだ。

部屋の中に冷たい静寂が流れた。言ってしまった言葉に、俊一が眼を見開いている。

（おれ、なに言ってんの？）

どうかしている。どうしてこんなことを口走ってしまったのだろう。俊一が自分を抱くなんて、そんな、あるはずのないことを。

「抱くって」

かすれたような、俊一の声。望も、自分の言葉にびっくりしていた。

「……忘れて」

望は弾かれたように俊一の言葉を遮った。

「今の忘れて。ごめん」

弁解する声が、震えた。

俊一に抱かれたい。

そう思っていることを、望は今はっきりと口にしてしまった。

心臓が音をたてて早鳴り、消えてしまいたいほど恥ずかしくなった。

抱いてほしいと思っているなんて、俊一にきっと軽蔑された。俊一を汚したみたいな気がして、謝りたくなる。なんて図々しいのだろう。頭がおかしくなっている。

「おれ、変なこと言った。ごめん、ごめん。ごめん。忘れて。気が動転してただけ……」

なにも言わずに見つめてくる俊一の視線が痛くて、望はうつむいた。眼に涙がにじんだ。

かすれた声で、もう一度忘れて、と言う。

「ごめんなさい。おれがバカなだけ……」

　恥ずかしさに耐えられなくて、声がだんだん尻すぼみになった。けれど背を向けた瞬間、望は俊一に腕を摑まれていた。

「やっぱりだめなのか……？　抱かれないと」

　苦いものを噛みつぶしたような声で言われ、望は罪悪感に胸を詰まらせた。どうしてこんなことを、言わせているのだろう。

「抱かれないと、安心できないのか？」

「……俊一、いいんだ。取り合わないで。ほんとに、ごめん」

　もうやめてほしかった。これ以上みじめになりたくない。望は振り向くと、わざと「冗談だよ」と笑った。

「俊一にできないこと、分かってるよ。そんなこと、本当は願ってない。ごめん。……おれ、おかしくなってたんだ。脅しただけ。忘れていいから。忘れてよ。俊一はおれを抱けない……そんなこと、俊一のせいじゃない」

　望は決めつけた。けれど腕を払おうとしたとたん、逆に引き寄せられた。背中から俊一に抱きしめられて、望は声を上擦らせた。

「俊一……」

　薄いシャツをはさんで、俊一の肌の温もりが伝わってくる。

「忘れていいのか？　それでお前がここにいてくれるなら、俺は……」

そのあと一瞬黙り、俊一はこくりと息を呑んだようだった。

「たぶん……抱けないわけじゃない」

苦しそうな声のあと、髪に鼻先を埋められて望は肩を揺らした。

「……無理しないで、いい……ってば」

いたたまれなくて俊一の腕をはずそうとした時だった。不意に顎を持ち上げられ、望はむしゃぶりつくようにキスをされていた。

それは羽根のように軽いものじゃない。激しく熱く、嵐のようなキスだった。

俊一の舌が、望の歯列をぬるりと割ってくる。舌先をからめとられ、激しく吸われる。

ほとんどもつれこむように、壁際のベッドへ二人して倒れ落ちた。

キスで唾液が混ざり合い、溢れたものが口角から伝い落ちた。今口の中を愛撫しているものが俊一の舌だと思うと、胸が張り裂けそうなほど鼓動が早鳴る。

（嘘だ……）

とても信じられなかった。俊一が、自分にこんなキスをするなんて。

いつしか俊一の手が、望の胸をゆっくりと撫でる。キスだけでとっくにふくらんでしまった敏感な乳首をシャツの上から優しくつまれ、そのままくにくにと捏《こ》ねられて、望は薄い肩を震わせた。

「ん……っ、ん……」

思わず、甘い声が溢れた。下腹部が痺れるように疼《うず》き、腰が小さく揺れた。

（ど、どうしよ……）

望はまっ赤になって、唇を噛んだ。声を聞かれて、気持ち悪いと思われたらどうしよう。けれど乳首を指の股に挟まれてひっぱられると、どうしてもくぐもった声が溢れ、息が乱れた。

（俊一が、おれを触ってくれてる……）

自覚したとたん、腹の奥に、じいんと熱が広がった。

男に抱かれたことは何度もあるのに、これほど深い快感は初めてだった。体ごと溶けてしまいそうに甘い快感。どうしていいか分からず、望はぎゅっと眼をつむった。嬉しさと恐さで、体が小刻みに震えだす。

俊一の股の間に膝を滑り込ませると、太ももに俊一の熱が当たって、望はどきりとした。俊一の中心は、ちゃんと反応して硬くなっていた。

（……これ、本当のこと？）

嬉しかった。どうにかなりそうなほど嬉しくて、同時にどうしても信じられなかった。自分を触って、俊一が興奮してくれている――。本当に？

それだけで達してしまいそうなほどの深い悦びが体の芯を駆け抜け、目尻に涙が浮かんだ。

けれどその時、望の上で、俊一は我に返ったように動きを止めた。

「……俊一？」

自分を見下ろす俊一の顔に、呆然とした表情が浮かんでいる。なにげなく手を伸ばした望は、その瞬間、俊一に指を払いのけられていた。

それはたぶん、無意識の行動だったと思う。けれどだからこそ、望はそれが俊一の本心なのだと思った。望の指を払った刹那、俊一の眼の中にはっきりとした嫌悪がよぎるのに——望は気がついてしまった。胃の奥に重い痛みが走るほどの衝撃。傷ついて、胸がつぶれそうだった。

「あ……」

俊一が、一秒遅れて気まずそうな声を漏らす。取り繕うようにもう一度望の上に覆い被さってきたけれど、望は瞬く間に自分の体から熱がひいていくのを感じていた。

(俊一は、おれのこと、抱きたくないんだ)

——俊一はおれが、気持ち悪いのかもしれない。

今抱いてくれようとしているのは、きっと、ただの哀れみでしかない。

(本当はおれを……抱くのが、嫌なんだ)

声も出ず、言葉もなかった。一瞬だけ感じた深い喜びも快楽も、あっという間に消えていった。

俊一が自分を抱けるはずがない。そんなことはとっくに分かっていたことなのに、傷ついている自分が滑稽だった。

俊一は望を抱けない。

「……もういいよ、俊一」

「どうして」

そう問いかけながら、俊一は自分でも答えを知っているような眼をしている。

「――無理、しなくていいよ。俊一は、気持ちよくないのに」

俊一は望を大事にしてくれる。望を好きだと思ってくれる。望が泣くのを嫌だと言ってくれる。望が男しか好きになれなくても、望がどんなに愚かでも、どれほど迷惑をかけても、俊一は変わらない。俊一にとって望は手のかかる幼なじみで、それ以外には絶対になれない。互いの間に開いた溝は、もうこれ以上埋まらない。

「気持ち悪いことさせて、ごめん……」

声が震えて、うまく出せない。

「……違う。多田《ただ》、俺は……抱けないんじゃない。そうじゃなくて、俺は」

俊一がかすれた声で言うけれど、それが逆に望をみじめにさせる。こんなに苦しそうな俊一は、見たことがなかった。自分が辛いのと同じくらい、俊一をかわいそうに思った。

本当は男を抱けないことで、謝る必要なんてないのに。

「分かってる、いいよ。やなことさせて、ごめんね。彼女にも、ひどいことしちゃったね」

自分が俊一の彼女の立場なら、きっと自分を許せない。

震える声で言ったら、俊一が言葉に詰まり、黙り込んだ。望は無理矢理、笑顔を作った。できるだけ優しく、できるだけ明るく微笑んだつもりだったけれど、どんな顔をしているのか、自分では分からなかった。

「おれ……もうばかなこと言わない。アパートにも、戻らないでここにいるから……。今までどおり、ただの幼なじみでいいから……だから、嫌わないで」

最後の一言を言った時が限界で、声がしゃがれた。

――嫌わないで。

そう思った。もうそれ以上なにも望まない。俊一にここまでさせておいて、出て行くこともできない。

俊一は、音もたてずに望を見下ろしている。その視線から逃れるように、望は身をねじった。自分の体がひどく汚れているように思えた。自分はどうして、男の、骨張った体を俊一が抱いてくれると思ったのだろう？　俊一の視線に自分をさらしていることさえ恥ずかしくて、望は逃げるように身を縮ませて、眼を閉じた。

それから二週間が過ぎて、暦はいつしか十月になった。

朝晩はいちだんと冷え込むようになり、河川敷にはコスモスが群生して咲き盛っていた。

望は相変わらず、予備校への行き帰りを俊一に送ってもらい、夜は一歩も部屋から出ない生活を送っていた。家賃や光熱費は俊一もち。望が食事を作ったらその材料費は望もち。暗黙の了解で、そんなルールもできた。

俊一は優しかったけれど、望にはそれが自分を抱けない後ろめたさからのように思えた。望はなるべく明るくふるまってはいても、本当はみじめだった。一度二人で抱き合おうとした夜以来、一緒にいても以前のように会話ができなくなり、ベッドの中でも背を向け合って寝ていた。ふとした拍子に闇の中で見つめ合ったりしてしまうと、あの日のことが――セックスをしようとしてできなかった日のことがよぎって、俊一も同じように思い出していたらどうしようと、望は怖くなる。

もう一度試してみようかと気遣われたくなくて、望はなるべく俊一を避け、早めにベッドへ入ってさっさと寝るようにしていた。試しても、結果は同じだと知っていたから。

連日予備校の前で望を待ち伏せていた篠原《しのはら》も、十月に入ってからはさっぱり見かけなくなった。もう諦めたのかもしれない。

そして俊一は時々、電話で彼女と言い争うようになった。

望に聞かれたくないのか、俊一はそんな時、玄関へ行って声を潜める。けれど望は何度か、俊一が「別れてくれ」と言っているのを聞いた。望はそのたび、「もしかしたら」と思ったけれど、電話のあと、俊一は大抵出かけていき、帰ってくると彼女の甘い匂いをさせていた。そんなことが何度かあった。

今日も同じで、午後十時前にかかってきた電話に、俊一はしばらくの間「別れてくれ」「何度も言っただろ」と、押し問答していた。やがて電話を切った俊一に、望は「ちょっと出てくる」と言われた。

「はあい。行ってらっしゃーい」

望はテレビを見るのに夢中なふりをして、声だけで俊一を送り出した。俊一が出て行くと、狭いはずのリビングが急にがらんと、広く感じた。

「……寝よ」

つまらないテレビを消し、望は早々とベッドにもぐりこんだ。

このまま俊一の帰りを待つのは嫌だ。どうせ今夜も別れてはこず、服と体に彼女の匂いを移して戻ってくるのだから。

（バカみたい。彼女とおかしくなるくらいなら、おれを追い出せばいいじゃん……）

世話をかけているのは自分なのに、そんなひねくれた気持ちが湧いて望は自己嫌悪した。

俊一への思慕とそれに相反する怒り、彼女への申し訳なさと嫉妬、それらの感情が複雑にからまり、もうほどけなくなっている。

それから何時間が経っただろう。望はうつらうつらしながら何度も眼を覚まし、寝つけないでいた。やがて玄関の鍵ががちゃがちゃと音をたて、扉がゆっくりと開いた。部屋の中の空気が動き、誰かの近づいてくる気配がする。続いて、ベッドが軽く揺れた。

「多田、寝たのか?」

小さく、囁くような俊一の声が、意外にも耳のすぐそばから聞こえてきた。

望の上に屈みこんでいるらしい俊一の体からは、やっぱり甘い薔薇のような香りが漂ってきて、望は悲しくなった。けれどもう悲しむことには慣れてしまい、望は身じろぎひとつせず、寝たふりをし続けていた。

ふとその時、なにかひんやりしたものが望の髪の中に侵入してきた。

それは俊一の指だった。

長く骨ばった俊一の指の形を、望は眼をつむっていてさえ想像できた。

胸の奥にしこりのように溜まっていたやるせなさが、どうしてか、ふっと消える。

その指は草笛を作るのが上手な指、望の涙をぬぐうのが得意な指、料理をしたり洗濯をするのには不慣れな指——。

俊一はずっと、望の頭を撫で続けてくれた。時間にしてみれば、一分くらいだったのかもしれない。けれど、望にはとても長く感じられた。

望の寝顔を見つめ、撫でてくれながら、俊一はどんな顔をしているのだろう。

長い指の仕草はいかにも優しく、まるで恋人にするように甘い。

眼を閉じていても、俊一の愛おしむような、けれど切なそうな眼差しが、想像できた。

普段素っ気ない俊一の中にあって、その瞳だけがいつも言葉多く感情を語ってくる。一度合うと、逸らせないほどじっと見つめてくる瞳。時折望は、その眼の中に温かな愛情が灯るのを感じては、俊一を諦めきれないできた……。

やがてため息に紛らせて、俊一がなにか囁いたのを感じた。

はっきりとは聞こえなかった。けれど、ごめんな、と言われた気がした。

――ごめんな、望。

髪から指が引き抜かれ、隣に俊一の体が滑りこんでくる。

人二人の体温で、布団《ふとん》の中は熱いくらいに温もっていく。

しばらくして、隣の俊一から深い寝息が聞こえはじめ、望はそっと体を起こして、とっくに闇に慣れた眼で寝ている俊一の顔を覗き込んだ。静かな寝顔だった。ここしばらくで、少し痩せたようにも見えた。

なにか考えていたわけでなく、望は半分無意識でベッドを抜け出し、寝間着のままアパートの外に出ていた。

深夜の道路には車もなく、信号機の青や赤の光が、アスファルトを不気味に染め上げている。不意になにか言葉にならない衝動に突き動かされ、望はあてどなく、真夜中の道路を駆け出していた。

走って走って、いつしか川べりの道へ出ると、息をきらして立ち止まった。

静まり返った景色の中で、橋の上に灯った街灯の光を受けて、真っ暗な水面が時折銀色に光っている。向こう岸の細い道をスクーターが通っていく音が聞こえ、黄色いヘッドライトが人魂のように闇の中を移動していった。

それは突然だった。

望は喉がひきつれたようにしゃっくりをした。そして、大声をはりあげて泣きだしていた。

まるで子どものように、歩きながらわんわんと声をあげて泣いた。真夜中の川べりで、聞いているのは風だけだったから、もうなにも気にしないで泣きじゃくった。

眼が壊れたみたいに、涙はわけもなくあとからあとから溢れ出した。

高校生の頃、同じクラスだった時に、授業中机に突っ伏したまま、窓辺に座った俊一を眺めているのが好きだった。ノートをとる俊一の指は、まるで手品師みたいになめらかに動いて、時々持っているペンをくるくるともてあそんだりする。

そのうち望の視線に気づくと、俊一は中指だけをたてて、挑発的なポーズをとる。望は俊一が気づいてくれたのが嬉しくて、机に突っ伏したままの姿勢で、くすくすと笑った。

窓辺から差し込む白い光が、俊一の髪や制服の肩を照らしていた。

教壇から教師が望の名前を呼んで注意すると、俊一はいつもその広い肩をすくめて、唇だけで「バーカ」と言うのに、次の瞬間苦笑して、まるで可愛がっている子犬を見るような優しい眼で、望のことをじっと見つめてくれた。

（俊一はおれを、好きでいてくれたよね？）

望は、そう思った。

（俊一は俊一なりに、おれを好きでいてくれていたよね……？）

望が眠っている間にだけ、こっそりと頭を撫でてくれるように。

俊一の優しさや愛情は、いつでもとても素っ気ない。

けれどそういうことのすべてが、望は本当は、とても好きだった。

俊一を好きになって傷ついたのと同じくらい、望は俊一を好きなことで幸福でいられた。

（おれは、俊一が好きで、幸せだった……）

下流に向かってゆっくりと歩いていくと、川面を風が渡ってくる。芯まで冷えた望の髪が揺れて、俊一と同じシャンプーの香りが、あたりに優しく漂っていった。

「あれぇ、望ちゃん？」

喉のひきつれが治まってやっと泣き止んだ頃、川沿いの道が国道とぶつかる少し手前のところで、望は大きなバイクをひいている五島《ごしま》と出くわした。

「ひっさしぶりじゃねぇの、なにやってんのよ～」

バイクを重そうにひきずりながら、五島は歩み寄ってきた。望の泣き濡れた顔をひょいと覗くと、ちょっと驚いたように眼を瞠る。

「なんかあったんかよ？」

応えない望をどう思ったのか、五島は国道沿いにある二十四時間営業のファーストフード店に連れて行ってくれた。

人通りが多いわけでもないこの地域に、この時間帯では大して人はいないと思っていたが、店の中は意外と混んでいたので驚いた。望は奥の喫煙席へ座らされ、温かいココアを買ってきてもらった。いいかげんな五島だけれど、時々こんなふうにとても親切になる。そのせいか、望は結局五島を嫌いきれない。

「びっくりしたぜ～、まさかこんなとこで会うなんてさあ。俺はダチんち行っててさ、そしたら帰りにガス欠なりやがんの。まいるよな～」

向かいの席でゲラゲラと笑う五島のほうを見ないで、望はココアのカップを両手にくるんでじっとしていた。チョコレートの甘い匂いと温かさに、冷え切っていた体が少しずつ温められる。

　ふと笑うのをやめた五島に、望は寝間着姿をじろじろと見られて居住まいが悪くなり、薄い肩をすぼめる。

「にしてもさ、なんか着の身着のまま出てきましたって感じだけど、なに？　もしかして、男とケンカ、とか」

　五島はちょっと声をひそめて、「相手、本山《もとやま》？」と訊いてきた。

「違うよ、ケンカなんかじゃ……」

　言いかけて、望は口をつぐんだ。案の定、五島はニヤニヤと笑っていた。

「ふぅん、やっぱ本山んとこか。妬けちゃうね」

「言っておくけど、俊一とおれはそういう関係じゃないよ……」

「なに、お前ら、まだくっついてないの？　さっさとくっつけばいーのに。じゃなきゃ、望ちゃん俺にくれっての」

「ほんとに違うってば……、五島だってよく知ってんじゃん」

　弁解しながら空しくなってきて、望はごまかすためにココアを一口飲みこんだ。

「なんか、望ちゃんいつもと感じ違うくね？　マジで本山となにがあったんだよ？　そんなカッコであのへんうろついてるのってどう考えてもおかしいし。いじめられたんか？　あいつ、ああ見えてドエスだもんな。まさかあの本山に限ってゴーカンとか」

「俊一がそんなこと、するわけないじゃん」

「だよなぁ。なんせあの性格だもんな」

五島が喉の奥でくっと笑い、

「でもかわいそうになー、あの真面目《まじめ》さが邪魔して望ちゃんのこと襲えねえんだぜ」

と、眼を細める。

「本山は望ちゃんが天使だとでも思ってんだよ。なんか汚せないッて感じ。あんだけ非の打ち所ねえ人生歩いてると、踏み外す自分も想像できねえだろうしなー」

それはほんの少し分かる気がする。

(でも、おれを汚せないとは思ってないんじゃない？　……おれ結構もう、汚れてるし)

しかし五島は、そんな望の内心も知らずに続けている。

「本山は望ちゃんが大事すぎて手ぇ出せないんだろ。今まで散々俺らにブチキレといて、自分が手ェ出したら大義名分が通らなくなるじゃん」

「……俊一はおれがちゃんとした人と付き合ってたら、怒らなかったと思うよ」

第一、最初に篠原を勧めてきたのは俊一だった。けれど五島には、そうかあ？　と不審げな顔をされた。

「本山は自分で気づいてねえだけで、ほんとは誰にも望ちゃん触らせたくないんじゃねえの。触らせようって決めたら、たぶん、本気で離れてく時だね」

望はドキリとした。そういえば篠原を勧めてきた時、俊一は望のもとを去ろうとした。誰かのものになってる望ちゃんを認めたくないんだよ、と、五島が続ける。

「ずるい男だよな。でもまあ、それはそれとして望ちゃんだって悪いんだぜ、嫌ならもっとちゃんと拒まないといけねぇのに、俺らが好きって言うとすぐ流されてたろ」

「……それを、五島がおれに言うの？」

「ですよね～」

まったく悪びれたふうもなく、むしろ気持ちいいくらいあっけらかんと五島が笑った。しかし五島はすぐに真面目な顔に戻って、望のほうにぐっと身を乗り出してきた。

「や、ごめん。マジ悪かったとは思ってんだぜ？　でも望ちゃんホンット可愛いかったし、男がそそられちゃう男っていうの？　あの頃なんてこう、にこにこされて『おれ、男が好きなの』って言われてみ？　むらむらするだろ？」

「……おれ、そんなこと言ってませんけど」

いい加減なことを言う五島を思わず睨むと、五島が「あっ、いいねえ、その顔。そそる」と言ってごまかす。

「つまりさ、俺だって他のヤツらだって、かなり望ちゃんのこと好きだったんだぜ？」

あ、俺は今も好きだけど、と付け加えながら言う五島の調子の良さに、望はなんだかやるせなくなってうつむいた。うつむくと、甘いココアの湯気に顔が包まれる。

「いいよ、今さらそんなこと……」

高校時代、何度も遊ばれて、あとで一人泣いた。今さらそれを、好きだったと言われても、望にはよく分からない。

「あ、信じてねぇな？　まあさ、男が好きだなんて認めるのが嫌で、逃げ出しちゃったけどさ。でも少なくとも俺は、本当に本気だったんだって」

「よく言うよ。……そんなこと言って、五島、彼女もいたじゃんか」

五島が苦笑いを浮かべて、勘弁してよ、と言った。

「俺もそうだけどさ、みんな……望ちゃんみたいに強くねえの」

「おれ、強くなんかないよ」

「いや、強いって。じゃなきゃさ、誰彼かまわず男が好きなんて知られて平気なわけねえじゃん。望ちゃんって素直っていうか、まあ不器用なんだろうけどさー。俺、本気で望ちゃん好きだなって思うこと何度もあったけど、男に本気って恥ずかしかったし。みんなそんなもんだったと思うぜ」

「……」

五島は茶化すような雰囲気じゃなく、照れたように話している。もしかして本当のことだろうか。

「俺みたいにいい加減な男でも悩むんだから、真面目なヤツなんてもっと悩むんじゃね？

特に本山なんか、望ちゃん好きすぎて自分が相手になるのも許せないんだろ」

「……俊一がおれを好きなんて、あるはずないでしょ」

「どう見てもそうだろ。そのくせ付き合おうとしねえんなら、俺にくれてもいいじゃん。なあ？　いまだに俺、高校の時、望ちゃんとあのまま付き合っときゃよかったと思うことある。大貫《おおぬき》もそうだったんだと思うぜ」

半分一人言のように続けると、五島がため息をついた。

「まーでも、望ちゃんはあの頃から本山ばっかりだったしなー。付き合ってる相手が、自分に気がないってキッツいし。実際、大貫もかわいそーに。本山には勝てなかったみたいだもんな」

望は黙るしかなく、五島もタバコに火をつけた。

「望ちゃん、好きな男いんだったら、だめじゃん。そうじゃないヤツのこと許してちゃ」

「……それを、五島がおれに言うの？」

出た声はかすれていた。五島はそれに、さっぱりと笑い声をたてた。

「ですよね～。正直今もヤりてえし」

五島の物言いがものすごく勝手で、望は思わず笑ってしまった。

もしかしたら、望の高校時代もそんなに悪いものじゃなかったのだろうか？　五島の言葉が本当かは分からないけれど、望は自分が気がつかないでいたせいで、傷つかなくていいところでも、傷ついていたのかもしれない。

もしもほんの少し見方を変えたら……どんなにさみしく思えることにも、救いはあったのかもしれない。望はふと、そう思った。


早朝五時頃、あたりが明るくなってきてから、望は五島と一緒にファーストフード店を出た。外はひそやかな雨がたちこめていた。川沿いの道を俊一の家へ戻る道々、バイクを国道に停めた五島が、途中まで送ってやるとついてきてくれた。

朝の川べりは薄鈍色の霧に覆われ、川面に雨が跳ねてぱらぱらと音たてている。

五分くらい歩いたところで五島がふと立ち止まり、望も同じように立ち止まった。

前方に、寝間着の上にパーカーを着ただけの俊一が立っていた。サンダルを履いた俊一の足は泥まみれで、パーカーはいかにも着崩れ、髪の毛は風になぶられたあとのように乱れていた。

「じゃっ、俺はお先に。まったな〜、望ちゃん」

五島が慌てて立ち去ったので、望は俊一と二人取り残されてしまった。

「……ごめん」

と、望は言った。きっと俊一は一晩中あちこちを駆けずり回り、泥にまみれて望を探してくれたのだろうと思ったからだ。

「……五島のところにいたのかよ」

俊一がかすれたような声を出し、うつむいた。

ぎゅっと寄せられた眉根、握られた拳は怒りのせいか、細かく震えている。

「俺より五島がいいのか？　……五島なら、お前を抱けるからか？」

独り言のように言い、俊一が、

「……お前はそうなのか、いつも、誰かに抱かれないとだめなのか」

と、吐き捨てた。

踵を返して一人歩き出した俊一を、望は思わず追いかけた。

けれどその腕に触れた瞬間、ものすごい勢いで手を振り払われた。望の指に痛みが走り、

「触んな！」

望は眼を瞠った。俊一は、これまで見たこともないほど顔を歪ませていた。

「お前は結局、男に脚広げて突っ込まれるのが好きなんだよ！　さみしいなんて、都合《つごう》のいい口実にすぎねえんだろ！」

その言葉に、望は言葉をなくす。

「冗談じゃねぇよ！　なんだって俺がここまでしてやってんだよ、俺がお前を好きになれないからか!?　お前を抱けないからかよ!?　お前が本当に欲しいものをやれないから、そ

の罪滅ぼしに俺はお前に苦しめられるのかよ⁉」

肩で荒く息をして、俊一が吐き出す。

「お前はこれから先十年も二十年も三十年もずっと俺につきまとって、ずっと俺を苦しめんのか！　ずっと俺を縛んのかよ！」

肩で荒く息をして、俊一が吐き出す。

吐き出す、吐き出す、吐き出す……。

その声が途切れる。俊一が息を呑む。つばを飲み下す。ため息をつく。肩を落とし眼を伏せ唇を嚙み喉を震わす、そして、

「もういい……。もういいよ。お前のために力使うの、疲れた。俺はもうお前がどうなっても知らない。好きにすりゃいいだろ……」

望の脳裏に、十五歳の春の夜が瞬いた。

俊一の家に向かいながら、十五の望は何度も何度も立ち止まって、やっぱり引き返そうかと迷っていた。

引き返せば言わないですむ。俊一に言わないですむ。

ずっと隠してきたことを、ずっとずっと秘め続けてきたことを。

男に抱かれたいのだと、男に口付けられたいのだと、男に愛されたいのだということを。

――愛されたいのは、本当は俊一になのだということを。

「それが、俊一の本心……？」

おかしなくらい、望は落ち着いていた。

なんの感情もない。涙も出ない。本当はとっくに、俊一の気持ちを知っていた。俊一が望を好きだと思ってくれながら、同じ強さで、望を憎んでいることを。

望さえいなければ……と思っていることを、望は知っていた。望も、同じように思うからだ。望は俊一の脛の傷だ。俊一の人生にある、たった一つの後ろ暗さだ。望さえいなければ、俊一はこんなふうに、苦しまないですんだ。

けれど一度も、俊一はそれを望に言ってはくれなかった。今やっと、言葉にされた。

自分で自分の言葉に驚いたような、すがるような泣きたいような、苦しげな表情を俊一が浮かべている。

「……分かった。もういいんだ。もう、おれも俊一を頼らない」

俊一が再びこくりと息を呑む。太い喉仏が震えている。

「俊一には分かんなくても、おれはおれなりに、生きるよ」

それしかない。本当は互いにそうと知っていたのに、どこかで理解し合えると思い込んできた。理解し合える――というより、互いに、自分のことだけを理解してほしいと。

望の眼に、捨てられた子どものような俊一の顔が映った。

「おれ、汚くなんかないよ」

──汚くなんか……。

「さよなら」

ぺこりと頭を下げて、望は俊一に背を向けた。下流に向かって歩いていけば、自分のアパートにつく。十時を過ぎたら不動産屋に行って、鍵を開けてもらえばいい。

川べりの道をくだりはじめた望の足元を、小雨が濡らしていく。

生きていくなら、さみしくないほうがいい。

どうせ生きていくなら、さみしくないほうがいい。

たったそれだけのことなのに、望と俊一では、そのさみしさを埋めあえない。

八

どのくらい歩き続けたのか、望《のぞむ》の足に血がたまってむくみ、ずきずきと痛みはじめた。雨があがり、空には朝日の白い光が射しこんできた。

いつしか、望は一ヵ月近く帰らなかった自分のアパートにたどりついていた。頭の中がふわふわとして、考えがまとまらず、とても疲れていて、とにかく眠りたかった。

そしてアパートの前に篠原《しのはら》がいるのを見た時は、笑いだしたくなった。

今までさぼってきたツケを全部払えということかもしれない。神様にもうなにも後回しにさせないよと、言われている気がした。

――それともこれは夢だろうか？

篠原は望を見つけると、足早に近づいてきた。顔にはりついた笑みは柔らかいのに、出会った頃のような、明るく屈託のないそれとは違っている。その眼にはどこか狂気じみた異様な光があり、頬はこけ、服も薄汚れている。

必死になってなにか訴えてくる篠原を、望はただ立ち尽くしたまま、他人事のようにぼんやりと見つめていた。

「もう二度としない、やり直したいんだ、俺はお前を愛していたんだよ、だから仕方ない、望どうしてなにも言わないんだ、本山《もとやま》なんかやめろ」

どうせ女を選ぶ男だぞ、望と、篠原が言う。

「お前は俺を裏切るのか」

——裏切るってなんのこと？

「こんなに愛してやってるのに」

——それは、本当に愛なの？

「お前なら分かってくれるだろう？　お前しかいないんだよ」

——そんなこと、篠原さんは思っていない。

「なんでなにも言わない。お前は俺を傷つけて、捨てるんだな！」

（ほら、それが本心）

突然、篠原は笑みを消してその顔に激しい怒りを浮かべてきた。

いや、怒りなんてものじゃない、それは憎悪だった。

望はその感情を、自分もよく知っていると思った。望の中にも、あるものだから。

望の体の奥には、さみしさの穴がぽっかりと空いている。その空洞はいつも飢えて、愛をほしがっている。けれどどれほど与えられても、ブラックホールのように飲みこむだけで満たされず、いつまでも渇いたままだ。望自身がそうなのだ。

（いつでも……さみしくて、愛されたくて、でも誰かを愛することはできなくて、愛されても満足はできなくて……）

孤独な心が、体の奥底でいつでも「愛して」と泣き叫んでいるのを、望は感じていた。

――愛して、愛して。おれを愛して。もっと愛して。もっともっと愛して……。

（でもおれは、本当に誰にも、愛されてなかったのかな……？）

篠原の中にも、そんな満たされることのない飢えがある。

篠原が愛しているのは、望ではない。誰でもない。ただ満たされない飢え、自分のさみしさ、深く深く傷ついた自分だけを哀れみ、さみしがっている。そしてきっと、自分さえ愛していない……。

だからさみしさを埋めるために愛されたがり、愛が足りないと暴力をふるう。そうして、愛を失っている。

望は迫ってくる篠原から逃げ出した。川沿いの道を駆け抜ける。篠原は半狂乱のように怒声をあげ、追いかけてくる。

足が痛い。耳鳴りがする。

橋を過ぎて交差点を渡る。そこで、足をもつれさせて転んだ。あっという間に襟首をとらえられ、頬を殴られる。硬いものに背中がぶつかり、頭がくらくらして望は倒れた。

篠原が泣いているのが見えた。泣きじゃくりながら望を罵り、鳩尾や背中を蹴りつけてくる。とてもひどい言葉がたくさん聞こえたけれど、望の意識はもう半分消えていた。

（おれ、本当に死ぬのかも……）

どうしてかその時、望の脳裏には死んだ母のことがよぎっていった。母は生きていた頃、声をひそめて教えようとしてくれた。

——望。愛はね……。

望はその答えを、ずっと探そうとしてきた。

もう、よく覚えていない。母が死んだその日、弔問客が帰ったあとの薄暗い座敷で、父は骨壺の入った箱を抱いてうなだれ、十二歳だった康平《こうへい》はふくれ面をして震え、十四歳の秀一《しゅういち》は身じろぎもしていなかった。望は秀一と康平に挟まれて座っていた。

『お兄ちゃん、お母さんどこ？』

まだよく死を理解していなかったのかもしれない。幼い望がそう訊くと、隣の秀一がハッと顔をあげた。眼鏡の奥で、秀一の瞳がまっ赤になっていた。

『お母さん、なにかあったの？』

首を傾げると、不意に、秀一に小さな体を抱きしめられた。耳元に、なにもないよ、と言う秀一の絞り出すような声がかかった。

『なにもない。なにもないから、心配するな』

そう言いながら、秀一は望を抱いたまま咽《むせ》び泣《な》きはじめた。それにつられたように、すぐ隣で康平も号泣しだした。箱を置いた父親が立ち上がって、大きな腕に三人の息子を包んできた。その父の頬からも、濡れたものが落ちていた。

小さな望は秀一の腕の中から手を伸ばし、父の頭を撫でた。白いものの混ざりはじめた、父の髪。泣いているのがかわいそうだと思った。

望、とあの時父は言った。まるですがりつくように。父と兄たちはそのあとも長い間、抱き合ってすすり泣いていた。

（……おれが苦しかった時、みんなも苦しかった？）

望は、今になって、そう思った。心のどこかで望は、自分だけが愛されていないと思ってきた。けれど本当に、そうだっただろうか？

（俊一《しゅんいち》は……俊一はおれを、おれが望むようには愛せないことに、ずっと苦しんでた……）

望が俊一を想って苦しんでいた間、俊一も望のために苦しんでいたのじゃないか。嫌いなだけなら捨ててしまえばすむのに、愛したいと思うから、捨てられずに苦しんでしまう。

（それだって、愛してることにかわりはない……）

生きていくなら、さみしくないほうがいい。

どうせ生きていくなら、さみしくないほうがいい。

でもどうしたらさみしくなくなるのだろう。誰かが愛してくれたら、それはなくなるのだろうか？

そんな簡単なものだろうか？　そんな単純なものだろうか？

（そんなにもさみしさは……なくさないといけないものなのかな？）

けれどさみしくなかったら、人を愛したいと、誰かに愛されたいと、もがいたりするだろうか。

やがてどこかからか人々の叫び声と、不穏なサイレンの音が聞こえてきた。

望の意識はぷっつりと切れ、真っ暗な闇の中に、すべてが引きずり込まれていった。


眼覚めると、鼻先へ強い薬臭が香ってきた。体中、悲鳴をあげているように節々が痛かった。

「望」

望は小さく顔を動かし、すぐ横に立っている秀一に気がついた。秀一は白衣を着ている。

望はようやく、ここが実家の経営する病院だと知った。ぼんやりと手を伸ばしたら、秀一が大きな手のひらで望のそれを包んでくれ、痛々しげに顔を歪めた。

「……おれ、救急車で運ばれたの？」

篠原に殴られて気を失う直前、望は救急車のサイレン音を聞いたことを思い出した。たまたま望の殴られている現場を見た人が、急いで呼んでくれたそうだ。搬送可否の連絡が入り、取り次いだ看護師が望のことを知っていたので、この病院へ運んでくれたのだと、秀一に聞かされた。

「……どうして話さなかった。さっき電話で、康平から聞いた。ひどい男につきまとわれて、ずっと本山くんのところにいたんだろう？」

どうして話さなかったと、もう一度繰り返される。

どうして？　そう訊かれても、望は話すという選択を考えたことがなかった。

（お父さんや兄さんが、おれを心配するわけないって思ってた……）

けれど秀一は望の手を握りしめ、うなだれて肩を震わせている。

「言われなければ、俺にも分からない。してやりたいことも、してやれない」

「……兄さん、ごめんね。ずっと、謝りたかった」

その言葉はごく自然に、望の口から滑り出ていた。

唇を動かすと、切れた口の中が痛かった。喉にまだ力が入らず、声がしゃがれてしまう。ちゃんと伝わっているのか心配だったけれど、秀一に先を促すように見つめられたから、望は続けた。

「おれのせいで、兄さんドイツに行けなかったでしょ……」

「バカ、なんだそんなこと」

望の言葉は、途中で秀一に遮られた。秀一は少ししてやや大きな声で、

「本当にバカだ、お前は」

そう言った。

秀一は泣くのを我慢しているのかもしれない。目の端が、まっ赤になっているから。

謝りたいことはまだいくつもあったけれど、その時望には、もうこれでいいと思えた。今まで自分を愛してくれていたのか、ことさらに、そんな答えを訊く必要もないと思った。

望の頬をぶち、お前さえいなければと言った秀一を、知っている。けれどそれはなにもかも、過ぎ去ってしまったことだ。どんな過去があっても、望は秀一が好きで、秀一は望のたった一人の最初の兄だ。その事実は変わらないし、その気持ちも変わらない。それなら、なんの答えも見返りも、必要ない気がした。

その時眼が覚めたのかと言いながら、白衣を着た父が、望の寝ている個室へ入ってきた。父はしばらく会わないうちに顔中に皺が増え、望の想像よりもずっと小さく見えて驚いた。

（お父さん……たった二年なのに、年とったな……）

「腕は捻挫《ねんざ》しているしあちこち怪我はあるが、どれも打ち身だ。一応検査があるから、しばらく入院になる」

横に立った父から、事務的な口調で説明される。父はそれから、と、付け足した。

「退院したら家で静養しなさい。アパートは引き払って。もしまた一人暮らししたいなら、その時は相談に乗るが……とにかく、しばらくは家に戻りなさい」

それを聞いて、望はびっくりした。あんまりびっくりして、しばらくは声も出なかった。

「おれ、家に戻っていいの……？」

思わず訊くと、父親が顔をしかめる。

「なにがだ。あそこはお前の家だろう。今までだって、帰ってくるなとは言ってないぞ」

「だっておれ、男が、好きなんだよ……」

そう言う時は、やはり後ろめたくてうつむいてしまった。気詰まりな沈黙の中、父が空咳をついたのが聞こえた。

「お前の考えはよく分からん。正直これから先も、分からん気がする。でも仕方ない。そう思うことにした。いいから帰ってきなさい。家は、誰も家事ができなくてひどい有様なんだ。それに……お前が知らないところで怪我をしているほうがずっと……」

そこで、父の声が上擦った。

「こんな思いは、二度とごめんだ」

望が見上げた時、父はもう忙しそうに背を向けていた。病室のドアから顔を出した看護師がなにか言伝て、「すぐ行く」と応えている。

「お父さん、おれね、鰹のたたきも竜田揚げも、前より上手《じょうず》になったよ」

声をはりあげて言うと、父が一瞬立ち止まった。

「……そういえばもうずいぶん、食べてないな」

呟きだけ残し、父は足早に出て行ってしまった。続けて秀一も立ち上がる。

「じゃあ俺も行くからな。これから外来なんだ」

一瞬、今あったなにもかもが夢だったらどうしようかと怖いことを考え、無意識に白衣の袖を引っ張ると、秀一は望を振り返って眼だけでどうした、と訊いてくる。

「ううん、なんでもない」

袖を放したら、秀一が口の端にあるかなきかの微《かす》かな笑みを浮かべた。

「さみしいんだろう。そういう時の顔をしてるぞ」

その時望は、いろいろなものを見落としていたことに気がついた。秀一はまた来るからと言って、急いで病室を出ていった。

知らなかった。本当はとても単純だった。手はいつも差し伸べられていたのに、気づかなかったのは自分だけだった。父も兄も、望を十分分かろうとしてくれている。そしてきっと、望が思うより分かってくれている。

（おれを、ちゃんと好きでいてくれたんだ……）

言葉が足りない父や兄。けれど自分も、少し勇気が足りなかったのだろうか。

家に帰れる。家族にご飯を作ってあげられる。もう一人ぼっちじゃないし、きっと最初から一人ぼっちじゃなかった――。

体中きしむような痛みは続いていたけれど、望はもう辛くはなかった。胸の奥から、ほっこりと温かなものが湧いてくる。

眼を閉じると安心して、そのまま深い眠りについた。

翌日から、望は少しずつ検査を受けた。

記憶というものはあとあと強くなるものらしく、篠原に殴られた時のことは、時間が経つにつれ克明になってきた。

夜中にうなされて眼が覚めたり、急に頭の中に怖い記憶がフラッシュバックして全身汗びっしょりになったりし、そんな望を秀一が一日に何度か見舞って気にかけてくれた。秀一ほど頻繁ではなかったけれど、父も病棟に来た時は立ち寄ってくれ、時々下の売店でジュースや菓子を買ってくれたりもした。

数日経つと、望は父から篠原についてどうするのか決めなさい、と言われた。

「お前が告訴したいなら、協力する」と。

救急車が呼ばれた時、篠原は逃げてしまったらしい。傷害罪として訴えれば、あるいは正当な罰を下せる、という。

けれど起訴をすれば裁判になり、望と篠原の関係をことこまかに報告しなければならないそうだ。二人が恋人同士だったことも言わなければならないし、どんなふうに付き合い、どういうセックスをしていたかも、言わなければならないかもしれない。

そんなことになったら、父や兄が困るだろうと思ったけれど、二人は自分で決めなさいと言ってくれた。父ははっきりとは言わなかったけれど、望を家に戻すと決めた時にそういうことも覚悟してくれたようだった。

けれど、望は結局起訴しなかった。篠原のことをかわいそうに思ったわけではなく、やはり家族や、自分自身を好奇の眼にさらしたくないと思ったからだ。それに望は、篠原を罰したいとも思えなかった。

なんとなくではあったけれど、望は、篠原とはもう二度と会わないんだろうと思っていた。そう思うと初めて望が泊まった夜、望を抱き寄せながら「こうしてるだけで幸せだ」と言ってくれた篠原の、優しい声が返ってくる。

暴力をふるう篠原の、荒んだ心の中のどこかにあの、愛のようなものもまた眠っていたのだろうか？

いずれにしろ、父の口添えもあって、警察には篠原へ厳重注意をしてもらえることになったので、望はそれでもう解決とした。

翌日、ドイツにいる康平へ電話をかけた。望が起訴しなかったことを言うと、康平はそれでいいよと言ってくれた。

『でも、許しちゃいけないんだよ』

それでも、篠原がどこかで幸せになってくれるといい、そんなことを言ったら、康平は電話の向こうで苦笑したようだった。

『お前はね、強いよ』

入院して三日後、望が一度予備校に連絡を入れたので、竹田《たけだ》も見舞いに来てくれ、退院後は実家に戻ることを伝えると、とても喜んでくれた。

その時はまだ言わなかったけれど、望は父に話して予備校をやめるつもりだった。そうして竹田が勧めてくれた専門学校のことも視野に入れて、もう一度自分の人生を考え直そうと思っていた。

俊一は望の入院を知っているのか知らないのか、見舞いには来なかったけれど、望の心は不思議なくらい穏やかで、さみしくはなかった。

入院している間、本当に初めて、望は落ち着いた気持ちで自分と向き合ってみようと思えていた。

毎日毎日、白い天井を眺めながら、俊一のことを考え続けた。

望の中にあるさみしさの穴は、誰に空けられたのでもなく、俊一に失恋し、家族と離れた頃からなんとはなしに大きくなったものなのだろう。

望は自分のさみしさを埋めるために、俊一以外の相手を好きになろうと選んで、けれど、好きになれなかった。望が好きなのはいつまで経っても俊一でしかなく、愛情がほしいから、さみしいから、大貫や篠原は望を殴ったのかもしれない。愛してくれと思って、殴ったのかもしれない。

だとしたら望だって、俊一を殴っていたんじゃないだろうか？

俊一が精一杯与えてくれている愛情に感謝するよりも、もっともっと愛してほしいとないものねだりをして、俊一の心を、見えない拳で殴っていた。

けれど俊一は、そんな望を受け入れようとしてくれた。それが愛情じゃなかったら、なんだというのだろう。

望の欲しがる愛情と、俊一の与えられる愛情は違っていたかもしれない。けれどどちらも、愛には違いない。さみしさに眼が眩み、自分ばかりが苦しんでいると思い込み、相手の苦しさも見えなくなっていた。

「愛されていない」と欲しがるのは、無邪気《むじゃき》な暴力と同じだった。独りよがりでしかなかった。

望には、自分を殴ってきた篠原の姿が、自分のさみしい心の姿に重なって感じられる。

いつだったか康平は、さみしさを上手に愛せたら、と望に言っていた。

望はその言葉を大事な宝物のように、胸にしまいこんだ。

そしてもうこれでいいんだと、とうとう諦めがついた。

きっとこれからもずっと、望は俊一が一番好きだと思う。そしてそれは、望が願うとおりには叶わない。同じように愛してもらえることはないし、恋はきっと片恋のままだ。

けれど、きっともう、それでいい。

さみしいまま生きていてもいいし、振り向いてくれない人を好きなままでもいい。

望はさみしさごと、俊一を好きな気持ちを胸の中に置いたまま生きていく。それが望の恋で、望の生き方なのだと思う。

望はそう、自分で決められた。あるがままの自分を受け入れてしまえば、さみしいと思う気持ちさえ、どうしてか愛しくなる。

最後に俊一に会った時、望が言った言葉は「さよなら」だった。

望は自分から俊一に会いに行くつもりはないし、俊一も同じかもしれない。

俊一の気持ちはよく分からない。手の焼ける幼なじみがいなくなってホッとしているのか、言い過ぎたと後悔しているのか。

けれどそれももう、どちらでもいい。

俊一が会いに来てくれたなら、望は俊一が許してくれる間、そばにいる。会いに来てくれなかったら、望は望で、たった一つの一生の恋を胸に抱えて、自分なりに生きていけばいい。

俊一が好き。俊一が誰を好きでも、俊一が好き。もうなにも、それ以上要らない。

十五の春、俊一に気持ちを拒まれてから、四年経った今になってやっと、望はそれを受け入れようとしていた。


退院する前日の午後、望が団体部屋に入院しているおばあちゃんと話をしてから自分の個室へ戻ると、ベッドの横に神妙な顔をした俊一が、居心地悪そうに突っ立っていた。

「俊一」

望は驚いて、ぽかんと口を開けた。

それからすぐに懐かしい感情が、胸の奥いっぱいに溢れてきた。

子どもの頃から二人の関係がこじれる前まで、俊一を見るたびに感じてきたその優しい気持ちが、望の手足や指先までものすごい勢いで温めていき、望を幸せにしてくれる。

――ああ、そうだったのかと思った。

ここずっと、望はどうやって俊一と接すればいいのか思い出せなかった。けれどこういう気持ちだったのか。心の中が浮き立つような、自分がこの世界にいることが嬉しくなるような、優しい気持ち。

「来てくれたの？　すごい嬉しい……」

望は本当に嬉しくて、ドキドキした。頬が自然と緩み、言葉は素直に溢れた。けれど俊一は、戸惑っているようだった。

反射的に俊一の手を握ろうとして、慌てて引っ込める。最後の日に、「触るな」と言われていたのを思い出したのだ。

「突っ立ってないで座って。そこに、椅子《いす》あるから」

自分もベッドに腰掛けながら、俊一へ脇の椅子を示す。棚を開けたら、ちょっと前に入院しているおばあちゃんからもらったおせんべいが出てきたので、それを引っ張り出す。

「おせんべあるんだ。これ美味しいよ。お茶とか飲むなら買ってくる？」

「いや……。多田《ただ》」

俊一が望の言葉を遮った。その声はなんというか、ものすごく慎重に噛んで含むように発せられていたから、望も思わず手をとめて俊一を見た。

「なに？」

小首を傾げて訊くと、俊一は言いにくそうに眉を寄せた。

「なにじゃない。どうしてお前、そんなに明るいんだ」

「……どうしてって？」

望は俊一が、まだ数日前の言い争いを苦にしていることに気がついた。よく考えたらそれは当然のことなのに、俊一の顔を見た瞬間、望はすっかり忘れてしまっていた。あんまり嬉しかったせいだ。

望はせんべいを置いて、俊一に向き直る。俊一は緊張した顔をしている。どうしよう、なにか言うべきなんだろうなと思ったけれど、言葉が浮かんでこない。川べりであんなに傷つけあってから十日も経っていないのに、あの時の話は望の中ではもう答えが出てしまっている。俊一がなにを迷っているのか知りたくて、望は首を傾げた。

「えっと……おれ、なにか言ったほうがいいんだよね？」

一瞬俊一が呆けたと思ったら、次には怒ったように顔をしかめた。

「なに言ってるんだ、お前。あれだけ俺にひどいこと言われて」

「でも、あれは俊一の本心でしょ？　おれは前から分かってたから……」

望は慌てて言葉をついだ。せっかく会えたのに、また言い争いをしたいとは思わない。

「えっと、なんだろう。おれね、篠原さんに殴られて、死ぬのかなと思った時、さみしいのは嫌だけど、でもさみしい自分もいていいのかなって思ったんだ。きっと……おれは俊一が好きで、片想いが辛かったからさみしかったんだよね」

望が言い募る間に、俊一が、だんだん困ったような顔になっていく。

「でも俊一は、おれのことちゃんと大事にしてくれてた。おれは俊一からもらうことばっかり考えてたから足りなく思えて……。でもそれは、ひどいよね」

望は少し、眼を伏せた。

「俊一、言ってくれたでしょ。俺だってお前が好きだって……。それなのに、おれは俊一がおれを想ってくれてることにまったく気づけなかった。友情だって……愛情なのにね」

俊一はきっと、自分の想いをないがしろにされたように感じていただろう。恋情だけが尊い愛ではないのに。望は無意識のうちに、自分だって俊一の愛情を踏みにじっていたのだと、今はもう気づいている。

ごめんね、と囁くと、

「俺を、責めないのかよ」

俊一が苦しげに言い、うつむいた。

「……汚いのは俺のほうだよ、理解しているフリをして、本当はお前は自分と違うって区別してる。俺は関係ないって顔をしてる。男を好きにはならないって。俺は、臆病だ……」

「そんなことないよ。おれ、俊一が好きだよ」

そう言うと、うつむいたままの俊一が、肩を揺らす。望はもう一度、今度は心をこめて「好きだよ」と言った。

十五歳の春の日に、伝えようとして伝えられなかった言葉を、今度はなんの見返りも求めずに、拒絶も恐れずに、ただ素直に言うことができた。

そうすると好きだという言葉は、望の心の中に温かく灯って、よりいっそう望を優しい気持ちにしてくれる。

ただそれだけで、さみしさを全部、包み込むように。

「おれ、これから先、俊一以上に好きな人、きっとできない。おれはずっと俊一が一番好き。でもおれはもう、これだけでいいよ。他になんにもなくていい」

嘘じゃなかった。

俊一を好きなだけさみしさも溢れるなら、さみしさごと好きでいる。そう決めたら、どうしてかそんなにさみしくなくなった。さみしい自分を、望は好きになれそうな気がしている。愛と背中合わせのさみしさなら……さみしい分だけ、自分もまた、誰かを愛せる気持ちになる。

「あのね……俊一はいつも一番、おれを分かろうとしてくれてる。だから、おれのことを全部分かれないのが、苦しいんだ」

――けれどそれだって、愛だと思う。それはかけがえのない、愛だと思う。

望のことで苦しみ傷つく間、俊一は望を、愛してくれていた。

俊一が、うなだれたまま黙り込んでいる。膝の上で作った握り拳を、ぶるぶると震わせている。それがなんだか、かわいそうだった。

「俊一、触ってもいい？」

少し身を屈《かが》めて、望は訊いてみた。俊一は、微かに首を縦に振ってくれた。

手を伸ばして、俊一の拳の上に自分の手のひらを重ねてみた。震えるそれを小さく握った瞬間、俊一が顔を跳ね上げた。

椅子を蹴飛ばすように立ち上がった俊一に、望は体ごと抱きこまれた。そのまま、唇をうばわれる。

羽根のように軽いものでも、ヤケになったわけでもないキスを、俊一と初めてした。

重ねられた唇の隙間から俊一の舌が差しこまれ、望の口の中を喉の奥まで舐めてくる。

唇を離した俊一は、苦しそうに眉を寄せていた。その眼差しの中には、望にもよく分からない熱っぽい感情が見え隠れしている。

「救急車で運ばれたって聞いて」

息を吐くように俊一が言った。

「お前が死ぬかもと思ったら、怖くなった。あの日言った言葉を、どうしたら取り消せるのかずっと考えていた」

俊一が、望の肩に自分の額を押しつけた。その広い背中が、望の腕の中でなにかを恐れているように、ぶるりと震えた。

「……何回謝ったら、お前にしたこと、許される？」

俊一は、泣いているのかもしれなかった。

「おれ、怒ってないよ」

背中をさすると、俊一は大きな子どものように望へしがみついてきた。

「……謝るのより、キスしてよ」

赤く濡れた眼を上げて、俊一が望を見た。少し怒った顔をしている。望は笑った。

「犬に噛まれたと思えばいいのか？」

俊一が言い、次の瞬間、望は噛みつくようにキスされていた。

二人でゆっくりとベッドに倒れこみ、長い時間互いの唇をついばみあい、舌をからめあった。望の口の端の傷を、俊一が何度も舐めた。

窓辺からさす淡い秋の陽射しが、白い天井に窓枠の形に切り取られて真四角に映っていた。その中に、望と俊一の影が、火影のようにちらちらと揺れて踊った。

キスが終わったら、なんとなく気恥ずかしくて望は俊一と顔を見合わせられなかった。キスくらい何度もしているくせに、どうしてこんなにドキドキしているのだろう。

けれどそれは、俊一も同じだったようだ。看護師が検温にきたのをきっかけに、俊一は見たこともないほど頬を赤らめ、そそくさと帰っていったから。

望が赤い顔をしているので、看護師は熱が出たのじゃないかと心配していたけれど、体温計は平熱をさしていた。けれどその日は一日、微熱にかかったようにぼうっとしていた。

夜の帳がおり、あたりが闇に包まれると、病院は消灯した。

昼間晴れていたせいで戸外は寒く、窓辺からしんと冷えた冷気が忍び寄って来た。けれど望の胸の中はそこだけ春の陽が射しているようにぽかぽかと温かかった。

――退院をしたら、家に帰ってお父さんと秀一兄さんにご飯を作ってあげよう。自分の部屋はどうなっているだろう。そのうち康平兄さんを訪ねて、ドイツにも行ってみたい。予備校はやめるけれど、竹田さんにはお礼を言いに行こう。これからの進路を、こっそり相談しよう。

それから――それから俊一に、言ってみよう。

(昔書いた小説、読ませてって)

結局読みそびれてしまったから……。

望は布団の中で、これからの計画をいくつもたてた。

けれど全部たて終わる前に、まどろみに意識をさらわれて夢を見た。

夢の中、望はまだほんの小さな子どもで、死んでしまった母と一緒に、実家の縁側に座っていた。

優しい夕焼けの光が、小さな望と母を包むように照らしている。

母がニコニコし、望は母の耳に口を寄せて、内緒の話をしている。これはとても壊れやすいもの。だから大事に話さないといけない。

――お母さん、おれね、やっと思い出したよ。

望はそう言っている。

——お母さんあのね、愛はね…………、

夢の中、そこから先は、望だけが知っている、ひみつ。

あとがき

こんにちは。または、はじめまして。樋口美沙緒《ひぐちみさお》です。私にとって四冊目の本、『愛はね、』をお手に取っていただき、ありがとうございます。

実を言うと、このお話を私が初めて書いたのは、今から七年も前のことになります。

七年前、私はまだ学生で、川沿いの小さな町に、親元を離れて暮らしていました。将来小説家になりたいけれど、なれないだろうなあと思いながら、ほとんど初めて書いたBL小説がこの『愛はね、』でした。

七年という月日は長いようで短く、短いようでやっぱり長いものです。

本当を言うと、今回この原稿を直しながら、七年前に私が書きたかったことを見失うことも多々あって、様々な点で立ち往生《おうじょう》しました。

そんないきさつもあって、本当はこのお話をどう読んでいただけるのか、とても不安だったりもします。

でももう、出ちゃったものは仕方がありません（笑）。

皆さんに楽しんでいただけたら、それが一番嬉しいことです。

お話変わって、主人公の望《のぞむ》は、自分のことがあまり好きではない子です。

でも、そんな望も恋をします。

そして望が恋をするのは、自分のことを好きだとか嫌いだとか、考えることさえしない俊一《しゅんいち》です。

実はこのお話には続きがあって、そちらでは俊一が中心のお話になっていきます。続きの中で、この二人がどんなふうに変化していくのか、よかったら皆さんにも読んでいただきたいなあ……と思っています。

一応その続きも書かせていただけそうなのですが、皆さんの応援があればより早くお届けできそうなので、もしも読みたい！　と思っていただけるなら、お手紙などいただけたら、飛び上がるほど嬉しいです。なんだかお願いするばかりでごめんなさい！

その続きの、俊一変貌《へんぼう》の片鱗《へんりん》が、ちらっと、この後のおまけで読めるかな？と思いますので、よかったらそちらも合わせてお楽しみくださいね。

一応続編は、このおまけのさらに後の望と俊一が書きたいと思っています。

最後になりましたが、情感溢れるイラストをつけてくださった小椋《おぐら》先生。先生のラフを見てイメージすることで、かなり推敲《すいこう》を助けていただきました。望は可愛いし、俊一は男前だし、本当に本当に嬉しかったです。ありがとうございます！

七年前から変わらず支えてくれているお友達も、ありがとう。なにがあっても励ましてくれるあなたたちが大好きです。

それにいつもそばにいてくれ、私を最大限に理解してくれる家族の皆さま。ありがとう。迷惑ばかりかけています。

そして、担当さま。私がこのお話を嫌いになりかけた時も、望を好きじゃなくなりかけた時も、担当さまがずっとこのお話を好きでいてくれ、望を好きでいてくれました。だから書けたと思っています。もしもそれがなかったら、私は途中で諦《あきら》めていました。根気よく付き合ってくださって、本当にありがとうございました。これからもどうか、よろしくお願いいたします。

そして読んで下さった皆さまにも、心から感謝です。

できればまた、このお話の続きでお会いできたなら、幸いです。

感謝をこめて　樋口美沙緒

愛のはなし、恋のこと

「愛されることは不自由。だけど愛することは自由になるということよ」

編集の河合響子《かわいきょうこ》がなにげなく言った言葉に、俊一《しゅんいち》はドキリとして顔を上げた。

十一月、日は短くなり社屋の正面街路に並ぶ銀杏は黄金色に色づいたが、東京は日中、まださほど寒くならない。真っ昼間の今、俊一がアルバイトをしている出版社の文芸誌『かじか』編集部は、発売日を間近にしてスケジュールが押していることもあってか、暖房の熱気がむしろ邪魔なほど暑かった。

——俊一、手伝って！　今日はトイレにも行けない覚悟してよ！

と、世話になっている『かじか』の女性編集者、河合が言ってきたのは一時間ほど前のことだった。それまで、担当している読者投稿ページや単発の短編小説の下読みなどをしていたところをブースへ連れてこられた俊一は、積みあげられた写真と名刺、履歴書等を前に眉を寄せた。

「河合さん、これは？」

「篠原《しのはら》が高飛びしたのよ、あっちこっちの仕事ぜーんぶほっぽって、海外に逃げたの！」

ブースの椅子《いす》に荒々しく腰掛けながら、河合がうなった。俊一は思わず、息を呑んだ。

カメラマンの篠原は、俊一がアルバイトをしている編集部で、毎月、『かじか』の巻頭やインタビュー写真などの仕事をしていた。それなりに売れているカメラマンで、突然の海外への高飛びに迷惑を被っているのは『かじか』だけではないという。

（望《のぞむ》を失ったから、か？）

最初に俊一が思ったのは、そのことだった。望が篠原に暴力を振るわれて入院したのはつい先月のことだ。

「篠原がなんでいなくなったか知らないけど、今は空いた穴を埋めるのが先よ。あいつ、あさって井上《いのうえ》先生のインタビュー同行するはずだったでしょ。あのイケメン好きの気難しいオバチャン。写真撮れてイケメンで、スケジュール空いてるやつを探して！」

息巻く河合に従ってサンプル写真や履歴書を見比べ、時には目星のついた相手に電話して断られたりもして、一時間ほど経った頃だった。ふと、河合が言った。

「……篠原って、数年前に付き合ってた女殴って、自殺未遂に追い込んだって噂があったのよ。その時も、今みたいにいきなり消えたらしいわ」

俊一が顔をあげると、河合は着ていたジャケットのポケットからシガーケースを取り出し、細いメンソールを一本だけ引き抜いている。

「本当かどうか知らないけどね。でも、恋人を殴るやつってどういう精神状態なのかしら。思うんだけど、愛してもないし愛されてもないのよ」

――愛されることは不自由。だけど愛することは自由になるということよ。

と、付け足し、「ちょっと一本喫《す》ってくるわ」と河合はブースを出て行った。残された俊一の胸に、河合の言葉は小骨のように引っかかっていた。

（……愛されることは、不自由ね）

そして、愛することは、自由になるということか。俊一はそれまで、そんなふうに考えたことはなかった。むしろ逆ではないのかと思っていた。

（誰かを愛していることのほうが、不自由じゃないのか？）

とはいえまだ十九にしかならない俊一に、愛という言葉は少し重い。ふと、つい最近ようやく別れられた彼女のことが思い浮かぶ。大学に入り、なんとなく気が合って付き合い始めた。当初は互いに好き合っていたはずだが、別れる頃には疲れ切り、相手のどこが好きだったのか思い出せもしなかった。

（愛してたのかと言われたら、よく分からないな。……愛っていうのは、もっとこう）

愛という言葉を考える時、俊一の脳裏に浮かぶのはただ一つの顔だった。細い面。こしのない柔らかな髪が頬を覆《おお》う。長い睫毛の下でどこか眠たげに微笑《ほほえ》みを浮かべる瞳……。思い出すと、俊一の胸の奥は淡く締めつけられたようになる。その感情は、懐かしい子ども時代を惜しむような気持ちに似ている。

（望……）

いつからか本人には呼びかけなくなった名前で、俊一はそっと胸の中の幼なじみを呼んだ。上着のポケットから携帯電話を取りだして見ても、望からの着信履歴もメールもない。最後の連絡は、望が退院した一週間前のメール。

『今日、無事に退院しました。心配かけてごめんね。お見舞い、ありがとう。今日からもう実家に戻って、アパートはすぐ引き払うことになりました。おれは元気です』

丁寧なメールには絵文字一つないが、望の優しげな声が聞こえてくるように感じて、俊一はこの一週間何度となくこの文面を開いては読み返している。けれどそれ以来、望は俊一に連絡をしてこない。

アパートを引き払ったりして、忙しいのだろうと思ってはみても、気になってしまう。以前の俊一なら、望からの連絡はないほうがいいくらいだったというのに。もともと望は俊一に気を遣って――気を遣っていることに、俊一は気づいていた――頻繁な連絡を控えていたようだし。けれど……。

（……なんでかな。俺から連絡しなけりゃ、もう二度と、あいつからはなにもないような……そんな気がするのは）

メールを入れてみようか。電話をしてみようか。俊一は何度かそう考えて、できないでいる。連絡する理由がないのだ。ただ、声が聞きたい。会いたい、という以外に。

我知らずため息をつき、俊一は写真サンプルを見る作業へ戻ることにした。


それから一週間が過ぎ、『かじか』発行の目処《めど》もなんとかたった。その日はアルバイトが早めに終わったのでぽっかりと午後の時間が空き、大学も明日は三限めからの授業で、俊一は余裕があった。そのせいか、自宅アパートの最寄駅に着いた時、ふと望に電話を入れてみようか、と思いたった。

（なんて言って？　……家に来ないかって誘うのかよ。なんでだよ）

しかし電話を取りだしただけで、結局は、またポケットに戻してしまう。これまで自分から誘ったことがないから、どう切り出せばいいかも分からなかった。

思い出すのは最後に会った日、まだ入院していた望としたキスだ。望の顔を見ていたらなぜかたまらなくなって、衝動的にキスをしていた。あれは、あの時の気持ちは、なんだったのか。

（俺は望を、どうしたいんだろうな……）

駅を出ると、駅前商店街の上に秋晴れの空がうららと広がっていた。バスロータリーをぬけたところで、後ろからベルの音がして俊一は振り向いた。

「本山《もとやま》じゃ～ん。ひゅうー、いつ見ても男前～」

ニヤニヤしながら俊一のすぐ横へ「ママチャリ」自転車を停めてきたのは、五島《ごしま》だった。

俊一は思わず、五島をじろっと睨《にら》んでしまう。

「なんだお前。バイクはどうした？」

「あー、事故っておしゃかよ。おしゃか。今はこれが俺の愛車なのよ」

事故でバイクはつぶしたくせに、自分のほうはぴんぴんしているらしい。つくづく悪運の強い男だ、と半ば呆れ半ば感心しながら、特に話もない俊一は五島からそっぽを向いた。

「あ、無視すんなよ。なあなあ、望ちゃん、携帯の番号変わったんでしょ？　教えて」

（バカか。なんで俺がお前なんかに）

呼び止めてきたのはやはり、望に関することか。予想はついていたが、ムカムカする。

俊一は心の底から五島が嫌いだった。こんなろくでなしのいい加減な男が、望に何度も手を出していたかと思うとはらわたが煮えくりかえる。

（……ろくでなしだから、あのぼんやりを何度も騙したんだろうけどな）

大体望は、普通では考えられないほど騙されやすい。さみしい、悲しいと他人に言われると、すぐに信じて同情してしまうところがある。

「お前だけ知ってるなんてずるいじゃん。付き合ってるってわけじゃねんだろ？」

「うるさい。あいつの周りをうろうろするな」

「お、お。やっぱり付き合ってないか～。じゃ、まだ望ちゃんとヤッたことねえの」

俊一は五島の言葉に苛立《いらだ》ち、足を速めた。その時ふと、五島が声を落とした。

「なあ、望ちゃんどうしちゃったの？ アパート引き払ってたから実家まで行ってみたらさ、さらーっと追い返されちゃった。あの望ちゃんがさ、俺を追い返したんだぜ」

思わず振り返ると、五島は自転車にもたれてため息をついていた。

「すっごい優しい眼してさ、『五島、ダメだよ、こんなことばかりしてちゃ』って。思わず、『はい』って言うこときいちゃったもん。なにあれ？ なんで急にあんな落ち着いちゃったの？」

五島が「もう望ちゃんと寝れねえのかなあ」などとふざけたことを独りごち、俊一は「知るかよ」と突き放したけれど、なんだかイライラしてたまらなかった。離れながら電話を取り出し、望の番号を呼び出す。一瞬ためらったが、今度こそ、通話ボタンを押した。

数度のコール。望が出るまでの間、俊一はガラにもなく緊張している自分に気づいた。

『俊一？ どうしたの、珍しいね』

五度目のコールで出た望の声に、一瞬だけ俊一は怯《ひる》み、言葉を失った。けれど望の声は、まるでつい昨日話したばかりのような、屈託のないものだった。

「あ……いや、ちょっと時間できてさ。今、暇か？」

『暇だよ。嬉しい。俊一の声が聞けて』

なんのてらいもなく、ごく素直に望はそう言ってきた。そしてそれが嘘でないことは、すぐに分かった。望の声の中に、じんわりと愛情が広がるのが電話越しにさえ伝わってくる。俊一の瞼の裏には、春の陽が射しこんだような望の笑顔が浮かんできた。するとどうしてか懐かしい感情で、胸の中が切なく痛んだ。俊一はわずかに迷い、わずかに緊張しながら、「暇なら、来ないか」とようやく口にすることができた。

望はスーパーの大きなレジ袋を抱えてやってきた。ちょうど時刻は四時頃。十一月も半ばとなった今の時期、日は既に西の際にあった。

俊一は望が来るまでの間、しばらく落ち着かず、今さらのように部屋の掃除などしていた。チャイムが鳴った時は、思わず息を呑んだほどだ。

「お邪魔しまーす。夕飯の材料、勝手に買っちゃったよ」

けれどしばらくぶりに会う望は、まるで最近来たばかりのようにあっけらかんとしていて、落ち着いて明るかった。血色のいい優しげな顔を見て初めて、俊一もホッとした。心の奥には得体の知れない、じりじりした感情があったが、同時にどこかで望の自然な雰囲《ふんい》気《き》に安堵《あんど》もした。もしも望まで緊張していたら、うまく喋れなかっただろうと思うからだ。

「ずいぶん買い込んだな」

「もう寒いし、お鍋にしようと思って。俊一の家、土鍋あったでしょ」

レジ袋の中には、ビールと缶チューハイまで入っていた。ただし小さいのが一缶ずつだ。

「未成年だからこれだけね」

と笑い、望が腕まくりをした。

俊一も鍋を作る望を手伝った。とはいえ、俊一は料理ができないので、言われたように野菜を洗ったり、皿を用意したりするだけだ。材料を切り、小さなこたつ机にカセットコンロと土鍋をセッティングする合間に、望は狭いシンクでちゃっちゃと酒の肴《さかな》まで作ってしまう。すべてそろってこたつ机に移動すると、あとはもう俊一の出る幕はなかった。望は鍋に豆乳をそそぎ、だしを作り始めた。

「豆乳鍋ってやつか？　なんか、女の食い物ってイメージがあるけどな」

「と、思うでしょ。でもね、だんだん分かるよ。男にも美味《おい》しいってこと」

だしを作り、望はまず鮭や豚肉、きのこなどから入れていく。俊一はそれをじっと見つめていた。そしてふと、料理をする時の望の顔が好きだなと思った。この時ばかりは、普段ぽうっとしている望も料理だけにじっと集中し、ひどく真剣な眼になる。手際よく菜箸を扱う様子が、なぜだか俊一には愛しい、可愛らしいものに見えた。

最後に白菜を入れて鍋に蓋をすると、お互い、酒の缶を空けた。

「乾杯！」

望が嬉しげに言い、俊一も缶ビールを口に含む。湯気のたつ部屋の中、きんと冷えたビールは舌に甘苦く、旨《うま》い。鍋が煮立つまでの腹ごなしに、望が用意してくれた肴をつまむ。茗荷やシソ、あさつきなどと一緒に細かく切った鯵をさっぱりと味付けた漬けの小鉢。薄く千切りした大根と葉の塩もみもくったりと水分が出て旨い。それに、大根おろしがたっぷりとかかった、オムレツ状の、だし卵。卵からは甘辛いだしがじっくりとしみ出してくり、口に含むと優しい味にほっとさせられる。

「旨いな」

「本当？　さて、鍋が炊けたかな」

いつの間にか鍋がぐつぐつと煮えていた。土鍋の蓋を取ると、一瞬ふわっと湯気がたち、眼の前を白く染めた。続いて、白いスープの中に煮えた野菜や肉が見える。望はいそいそと具材をよそってくれた。もっと乳くさいかと思ったが、初めて食べる豆乳鍋は思ったよりもさっぱりとしている。これはこれで旨いが、やはり女の好きそうな味、という気はした。やがて用意した具も底をつく頃、さらさらとしていたスープが煮詰まってどろりとしてきた。

「ね、ここからが、美味しいところだよ」

望はうきうきした調子で、スープになにやら胡椒や塩などを足し、中華麺を取り出した。締めがラーメン、というのは珍しいと思って、真剣な顔で作る望を眺めていた。やがて中華麺が柔らかくなる頃には、ただでさえ少なかったスープはほとんどなくなり、食欲をそそる黄色い油麺にねっとりとからむほどになった。それから、望は俊一の器に締めのラーメンをよそってくれた。

「……あ、旨い。なんだろ、とんこつラーメンに似てる」

それは最初のさっぱりしたスープからは予想していなかった味だった。肉や魚、野菜から出た旨みが具合よく煮詰まって、こってりした味わいに変わっていた。旨い、旨いと言って食べると、望がふふ、と微笑んだ。

「ほんと。……おれ、好きな人とこうして美味しいもの食べるのが、一番幸せ」

俊一は一瞬食べる手を止めて、望を見た。鍋の湯気の向こうに、缶チューハイ一缶でほろ酔いになった望の、いつもより少し赤い顔がある。それは本当に幸せそうで、大きな瞳の中には、俊一への深い愛情がなにを隠すこともなく溢れていた。

「……幸せ、か？　俺と……こうしてるの」

「幸せだよ」

「そうか」

自分は？　と、俊一は思った。胸の中には甘酸っぱい、切ない、懐かしいような複雑な感情がある。今この瞬間、自分はきっと幸せだ――。けれど明日にはどうだろう？　明後日、明明後日、一年後も望といて同じ気持ちだと言える自信が、今の俊一にはまだない。

この一瞬は、すぐさま過ぎ去っていく。他の女にならその場の勢いだけでも言えることを、どうしてか望にだけは言いたくない自分がいる。

けれど、俊一は望はもう満ち足りているのだと気がついた。望は俊一を愛することだけでもう満ち足りていて、だから幸せなのだ。答えも求めず、見返りも求めないかわりに、自分の愛情を否定もしない。それでたとえ俊一から疎《うと》まれても、望はきっとそれさえも受け入れている。

（……こいつはもう、自分を好きになれたんだ）

変わらず自分を愛してくれて、以前のように優しく人の好いままの望でも、多分もう、俊一の手助けは要らない。俊一はどうしてかそのことを、ほんの少しさみしく思った。

食事と片付けがあらかた終わった頃、望が「そろそろ、帰るね」と立ち上がったので、俊一はつい慌てた。

「泊まってかないのか？」

てっきりそのつもりだと思っていた。望は不思議そうに首を傾げる。

「だってまだ、電車あるし。帰るつもりだったけど」

「泊まっていけよ」

思わず、俊一は口走っていた。自分でもよく分からない焦燥が、胸の奥に湧いていた。

望は少し驚いたような顔をして、「いいの？」と訊いてくる。

「いいよ。いいから言ってるんだろ。……たまのことなんだし」

自分はなにに焦っているのだろう。けれどここで望を帰したら、もう二度と、家に泊まってもらえないのではないか、と俊一は思ってしまった。

(でも、それのなにが嫌なんだよ。……俺は、望と寝るつもりもないのに)

自分で自分の行動が分からない。自分を好きでいてくれる望に、こんな誘いは酷ではないのか。そう思うのだが、同時にまだ帰したくない、と思っている自分がいる。

(まだ、もう少し。あと、少し……)

「じゃあ、甘えようかな。あーでも、それならトランプでも持ってくるんだったね」

「……なんでトランプなんだよ」

承諾《しょうだく》してくれた望にホッとしながら、妙な発言に眉を寄せる。

「だってやることがないもん。テレビ見るのも……、あ、じゃあ指相撲とかする？」

冗談のように言った望の手を、俊一は知らず、とっていた。

「あれ、本当にやる？　じゃあね、せーので……」

幸せそうな望。屈託のない、優しい笑顔がとてつもなく可愛い。

(男のくせに、なんでお前は、いつもそんなに可愛いんだ……？)

俊一は望の手を、ぐいと引っ張った。そうして、その小さな唇に自分の唇を重ねた。

口を離すと、望が頬を染めて、眼を丸めている。俊一は今度は望の細い体ごと抱き寄せて、深く口づけた。――そうか、と思った。腹の底にあったじりじりとした感情、引き留めたくて焦った理由は、これだった。

（俺はただこいつに……触れたかったのか）

体の奥でくすぶっていた焦燥がきれいに消え、かわりにもっとべつの熱、まだ、俊一にはどうしていいか分からない熱が生まれる。そっと体重をかけると、望は従順に床に寝そべってくれる。骨張った体を腕に包み、一度ぎゅっと抱きすくめ、それから俊一は望の口の中へ舌を差しこんだ。

「……ん、ん」

キスを受けながら、望が鼻にかかった甘い声を出し、俊一にしがみついてくる。それが――可愛い。きっと誰よりも、可愛いと思う。思うたび、腹の底から愛しさがこみあげて、心臓がぎゅっと締めつけられる。この気持ちは、一体なんなのだろう？

「……お、おれ、家に電話入れておかなきゃ」

やっとキスをやめて体を離すと、望はまっ赤な顔をしていた。慌てた様子で俊一の腕の中を抜け出し、携帯電話を持って玄関のほうへ行く。その背中を見ながら、一瞬望の腕を摑んで引き留め、もう一度きつく抱きすくめたい気がして、俊一は戸惑った。ふとため息をついて、自分の下半身を見る。ズボンの下で、そこが正直に反応していることが、望にも分かってしまっただろうか？

（……やっぱり、俺は望を……愛してるのか？　男なのに？）

それは、どういう愛なのだろう。俊一には分からない。分かるのはただ、望の愛情を引き留めておきたいと思っている――そんな自分がいる、ということだけだった。


翌朝、夜勤明けの父の世話をしたいから早めに帰るという望を、俊一は駅まで送っていった。十一月の早朝は寒く、川沿いの道では土手に霜が降りていた。二人並んで歩きながら、とりとめなく話しているうちに、俊一は望が予備校をやめて、今後のことを考えている途中なのだと初めて知った。それから、冬に長兄がヨーロッパで開催される学会に出るので、それにくっついて次兄のところへも行くらしい。しばらく会わなかった間に、驚くべき速さで、望の身辺は変わっているようだった。

「もう、ここまででいいよ」

川沿いをはずれて踏切まで来た時、望がそう言って立ち止まった。またな、と俊一は言って見送ったが、一体次はいつ会えるのか、全く分からない。この時にはなぜかもう、望からはきっと連絡してこないだろう、と、俊一は悟っていた。

踏切を渡っていく望のほっそりした背に朝日が当たり、一瞬望が白く消える。渡りきったところで望は振り返り、手を振ってきた。

「またね、俊一」

けれどその声は途中でかき消された。踏切の信号がカンカンと音をたててバーが降り、やがて電車が一本、俊一と望の間を通り抜けていった。再び電車がいなくなった時には、望はもうそこにおらず、朝日に照らされた道の向こうへ消えていくところだった。

俊一は、小さくなっていく望の背中をよく見ようと眼をこらしたが、それはすぐに去って、消えていった。まるで時そのもののようだ――と、俊一は思った。

次に会えるのはいつになるのだろう。こんなことは、例えばほんの四年前、十五歳の頃には考えなかった。いつでも望は俊一のそばにいて、それが当然だった。

けれど今は――望は俊一の人生を通り抜けていく影のようだ。そのつながりは、いつ消えてもおかしくないほど、細いものになってしまった。もしも俊一がもう要らないと思えば、望は簡単に俊一から離れていく……。

（……愛されるほうが不自由で、愛するほうが、自由か）

そうだ。河合の言っていたことは当たっている。望は俊一を愛することで自由になった。けれど愛されているだけの自分は、その愛を失いたくなくて、不自由だ。

別れたばかりのたった今の瞬間からもうまた、望に会いたくなっている。そして次はどうやったら会えるのかと、既に考え始めているのだから。

Hanamaru Bunko

作家・イラストレーターの先生方へのファンレター・感想・ご意見などは
〒101-0063 東京都千代田区神田淡路町2-2-2
白泉社花丸編集部気付でお送り下さい。
編集部へのご意見・ご希望などもお待ちしております。
白泉社のホームページはhttp://www.hakusensha.co.jpです。

白泉社花丸文庫
愛はね、

2010年12月25日　初版発行

著　者　樋口美沙緒©Misao Higuchi 2010
発行人　酒井俊朗
発行所　株式会社白泉社
〒101-0063 東京都千代田区神田淡路町2-2-2
電話 03(3526)8070(編集)
03(3526)8010(販売)
03(3526)8020(制作)
印刷・製本　図書印刷株式会社
Printed in Japan　HAKUSENSHA　ISBN978-4-592-87646-5
定価はカバーに表示してあります。